奇幻系

天馬行空 破格創新

天行者出版
SKYWALKER PRESS

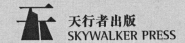

籠中魔王與祭品少女 II

瀾霜　著

Chiya　封面插圖

推薦序——夜透紫

香港小說作家

悲傷中的純真

要替一本小說的續集寫推薦序，讓我想了好久到底該從哪裡切入。畢竟，會翻開這本書的人，理當已經看過上集。如果看過上集，自然急不及待想知道這對兩小無猜的結局，大概根本不會看到這段文字，直接跳過就看內文了（對，我就是那種老是跳過推薦序直接看故事的人）。

如果沒看過上集，那麼理所當然我覺得我要首先推薦你去看上集。《籠中魔王與祭品少女》一如作品名稱所示，是一個悲戀故事，而且非常符合瀰霜一貫擅長的灰色童話風格。

為什麼我說是灰色童話風格呢？因為前陣子很流行黑暗童話風，就是把童話故事刻意往黑暗的方向反轉，各種獵奇和血流成河。當然，這種換角度書寫是很有趣的，多數都在強調大家理所當然接受的甘美單純故事，切開往往都是血腥殘酷現實。

但瀾霜不是走這種方向，她的童話風味別樹一格。她的故事從設定開始就直視著殘酷的現實，也深知道現實的傷害和恐怖。然而她卻總是用她特有的溫柔，刻意地在故事裡注入童話般的純情和善意，將黑暗和痛苦柔和化。

正如這本續集。要是細心注意到故事背景的絕望，就明白作者並非不了解現實應該會如何如何，她只是貫徹自己的寫作理念，存著盼望，讓現實中難以實現的善在故事裡實現，哪怕她很清楚現實的殘酷。大概因為，對作者來說這就是故事存在的意義吧。

要是從結構等方面分析這個續集，也許會令人感到困惑。例如故事的主線竟然移到了勇者一行人身上。彷彿連作者也不忍靠近男女主角無解的絕望，必須抽離一點才有前進的勇氣。讀畢全書，會發現這是一個自療的旅程，是在創傷後尋求治癒可能的嘗試。

如果你也曾經歷過心愛之物被無情奪去、棲身之處被毀、眼見心愛之人承受無辜傷害而無能為力、單純的愛被殘酷現實規則踐踏……但願你也能在這本書中得到一點安慰，知道世上仍有人在受傷後選擇如童話般相信善良和愛，然後重新得到勇氣。

目錄

序章　魔女與鴞族　009
第1章　陰霾與晴初　015
第2章　彌留與新生　061
第3章　祝福與荼蘼　091
第4章　重逢與道別　135
第5章　真相與抉擇　177
終章　魔王與祭品　213
後記　235

序章
魔女與鴞族

序章　魔女與鴞族

那一夜，星空璀璨。

凜冽的風吹得杉林搖搖晃晃，葉片的交響曲驚醒了殘留樹上的雪霜，白雪如粉塵徐徐飄下，最後融化在一片血泊之中。

積雪混雜枯葉與泥土，彷彿只剩下黑白二色的大地，一抹艷紅就這樣突兀地渲染開去。

而血泊中央，站著一對男女。

男生的手是一隻尖銳的鳥爪，凌厲貫穿女生胸膛、背部，穿過她烏黑亮麗的大波浪長髮再暴露在空氣中，殘酷地把女生的身軀，還有心臟都一併搗得支離破碎。

驀地，雪地上的血泊不再蔓延。

像倒帶般，鮮血帶著肉末、帶著碎骨、帶著那股足以摧毀萬物的魔力，一點一滴沿女生腳邊攀爬回來，竄進男生的爪尖。

鴞族的「奪取」，原來是這麼回事嗎？

胸腔早已被「奪取」侵蝕得見骨，女生只默默看著一切都被男生貪婪地吸納過去，她依舊神態自若，彷彿不癢不痛。

或許因為她的痛，不在於肉身。

「鴞族之王啊，您還需要什麼嗎？」如斯無可挽救的局面，女生驀然開腔，體貼的提問終於獲得片刻注視。「例如說……我的愛。」

被稱為鴞族之王的男生，他的目光原本還帶幾分戒備，結果聽罷，只餘下一臉漠然。

「留點尊嚴給自己吧，妳不覺得這樣很可笑嗎？」鴞族之王不僅無視了魔女的窩心提議，甚至自顧自失望起來。

啊，被同情了，不帶任何感情地。

真很可笑啊——明明全部都打算「奪取」了，唯獨捨棄了她的心，然後還叮囑她留點尊嚴。

血液不再淌溢，魔女的紅瞳卻傾灑出絕望。

鴞族的殘忍與無情，她總算見識到了。

這個男生從來沒有愛過她，她也總算看清了。

所謂的「愛」，果然只是一場令她暴露弱點的騙局罷了——

「哼哼哼……哈哈哈——」不知道是訕笑自己的天真，還是發洩對現實的不屑，魔女噗一聲，止不住的狂笑起來。

森林迴響著魔女詭異的笑聲，一草一木頃刻深陷在濃濃的恐懼之中卻無處可逃，最終萬物歸於死寂。

此時一片白色花瓣不慎飄落在鴉族之王的髮梢上，魔女伸出快要瓦解的手臂，為他拈起那顫慄而降的花瓣，順帶輕撫他的臉龐。

「那我就依你所言，留給自己一點尊嚴好了。」

浸淫在勝利與力量之中的鴉族之王，終於察覺苗頭不對。

雪地倏然不再軟綿，原本會發光的植物剎那間暗淡無光，風吹過，掉落的雪與葉片，敲出沉實的聲調，然後碎成一地——周遭的事物漸漸枯竭，變成一塊又一塊的石頭。

「鴉族會如此強大，正是因為力量能夠『承傳』，對吧？」

魔女又再仰天大笑，高傲的鴉族之王不悅又心虛，另一隻手趕緊獸化成爪，狠狠掐住魔女脖頸。反正魔女已經有半個身軀成了白骨，無論她打算耍什麼詭計，只要趕在之前完成「奪取」的話——

沒想到這更正中魔女的下懷。

「魔女墨蘭，獻上蟒族唯一血脈，於此詛咒——」

魔女的血肉在半空凝聚成一道又一道的咒文，鴉族之王嚇得趕緊抽身，諷刺的是魔女的傷口早已結成了鱗片，與他的鳥爪融合為一，他所虎視眈眈的力量仍然源源不絕塞進體內。

「鴉族的力量再也沒辦法承傳到子孫身上，直到你或你的子孫感受到我的絕望為止！」

話畢，魔女的軀體猛然膨脹，無處可逃的鴞族之王被拉扯而起。他倆衝進樹冠層，在堅硬的樹幹之間碰碰撞撞，未幾騷動平息，鴞族之王從驚惶中回神，只見璀璨的星空之下，一顆猙獰的蟒蛇頭骨赫然映進眼簾。

這就是魔女的原形嗎——鴞族之王暗暗捏一把汗，他再三確定魔女真的徹底殆盡，小心翼翼想要脫身之際，才發現鳥爪卡在肋骨之間，正抓著一顆石化的心臟。

「……對不起，墨蘭。」

一使勁，心臟便灰飛煙滅。

直到剛才仍然心狠手辣的鴞族之王，此時竟喃喃吐出一絲憐憫。默哀兩秒，他在骨架借力一躍，頭也不回撲進夜空之中。

曾經是魔界萬物聞風喪膽的魔女，沒能聽見深愛之人的道歉，更無法知悉自己將在鴞族史上惡名昭彰。

如今她只剩下一具巨型蛇骨，悲涼地盤踞於死寂的石林之中，這就是魔女與鴞族邂逅的結局……

不。

她還遺下了詛咒，纏繞鴞族世世代代，為人類帶來無妄之災，更成為另一段人類少女與鴞族之子苦戀的開端——

第1章 陰霾與晴初

第1章 陰霾與晴初

「我已傾盡所有——惟只能感受這份渴望有多殘酷——」

天朗氣清的早上，一名橘髮少年抱著一把殘舊結他，坐在大樹底下放聲高唱。他的歌聲和演奏不算遜色，卻不知為何聽眾只有一隻橘貓……又或許，連橘貓也只是湊巧想在這邊曬太陽而已。

「逃離彼此吧——直到一天我們不再為愛而痛——」

最後一個音調飄散於空中，傳來耳邊的聲音便恢復成噴水池的水花四濺，還有小孩們的嬉笑怒罵。

「今日已經表演完畢囉，謝謝欣賞——好痛！」

他看看始終陪伴在旁的橘貓，感激得忍不住伸手摸摸，沒想到反被貓咬一口了！只見貓咪甩甩尾巴不悅跑掉，少年的視線隨著貓的步伐展望，不遠處的街道光明亮麗，人們都專注在各自的日常之中。明明沒人駐足細聽少年的表演，他一雙茶色眼睛仍然滿足地瞇成一線。

「和平真好啊……」

「對啊，如果不用吃飯，真是多麼愜意的生活呢。」

少年隨口慨嘆，立即換來一句暗帶諷刺的附和。

「貓咬我都算了，怎麼連堤蓓妳也要傷害我？」他摀住彷彿中了一箭的胸口，滿臉受傷望向身旁，便見空無一人的大樹下不知何時多了一名小女孩。

堤蓓有一頭幾乎與她身高一樣的長白髮，還擁有一雙不可思議，像水晶般綻放異彩的眼睛，整個人看起來像極了一具尊貴不凡的洋娃娃——雖然她正輕蔑的盯著少年。

「我只是陳述事實而已，看啊，連貓咪也吸引不了。」

「別說得我那麼可憐，牠好歹有留到表演完畢啊！」

「有差嗎？反正貓咪又不能給你打賞。」堤蓓蹲下來戳戳擱在地上的結他木盒，寥寥無幾的錢幣連噹噹作響也沒辦法。「所以今天又要餓著肚子了嗎？人類幾天不進食是會死的吧？為什麼連魔王也能打敗，就是不會好好規劃自己的生活啊？」

明明個子高大健碩，卻被眼前的小女孩教訓得唯唯諾諾，誰會聯想到這男生原來就是當初闖進魔王城，殲滅魔族的勇者傑明？

別說和威風凜凜的勇者形象拉不上關係，眼前這個潦倒的傢伙，堤蓓也全然看不出他是當初鍥而不捨纏著自己訂立契約的熱血少年……

對了，不是還有契約麼？

堤蓓忽然想到了什麼，賊賊地笑起來。

「要不，我們來結下令你永遠不會飢餓的契約？」

「有、有這種契約嗎？」

「如果願意祭出你的胃部——」

「這會死！」在餓死之前就已經死了！

「是這樣嗎……但既然都不用進食了，胃部留著也沒用吧。」只見傑明一副誓死不從的樣子，堤蓓不由得嘆了口氣。「我說啊，如果你不打算安安穩穩找份正職，為什麼不乾脆接受領主的犒賞？」

「嗯哼，究竟是為什麼呢……」忽然提起犒賞，傑明才恍然想起有這麼回事，一同沉思起來。

說來話長，時間要回溯到一年多前。

當時勇者團一行四人打敗了魔王，還奇蹟般救出一個人類女孩後，便靠著傳送卷軸回到人類的聚居地。

他們風塵僕僕回到故鄉，還得到領主親自迎接。領主聽完他們的冒險之旅，一邊熱淚盈眶地感慨竟能有生之年見證血祭中斷，一邊激昂地說要好好犒賞勇者團一番。

豈料，勇者團不約而同，全都婉拒了。

「我和孤兒院的孩子約好了。」身為魔法師的翠西，不自覺摸摸法杖上的繩結，那是她出發前孩子們送她的護身符，深紫色的鳳眼立時變得柔和起來。「那些小不點長大得很快，再不回去恐怕我都認不出他們了。」

「我家一直以來經營烘焙屋，算起來已經三代囉。」大力士東尼擦擦鼻子，提及家中的麵包店，毫不掩飾驕傲的笑容。「我只想好好幫忙家業，希望家族的烘焙秘方可以一直流傳下去。」

「感謝領主的心意，不過我最渴求的願望已經成真。」祭司艾蜜莉話畢，緊緊牽住身旁同樣是金髮的少女，二人相視而笑。「我現在只想回修道院和妹妹一起生活，彌補和她失散的時光。」

眾人都各自擁有歸屬之處，然而傑明呢？

他抓抓一頭凌亂的橘髮，埋頭苦思卻始終想不出感動人心的結局似的。

「嗯……總之先找份工作吧？」

最後，這傢伙竟然把千載難逢的犒賞敷衍過去！

「沒想到一轉眼已一年多了，不知道大家最近過得如何。」沒等堤蓓抱怨完畢，傑明便感慨萬分地接下話題。「對了，還有艾蜜莉的妹妹……好像叫露絲亞？不知道她從魔界回來以後，有沒有好好適應新生活？」

「為什麼你還有閒情擔憂別人？」看著傑明一副事不關己的樣子，堤蓓更是大惑不解。「得到封地耕作也好，以這個頭銜接任務也好，如果當時你願意正式授封為留青史的勇者，從此就能生活無憂。」

「知道了，堤蓓的擔心我都知道了。」

「既然知道的話——」

「打倒魔王又不是我一個人的功勞，我只想和大家一起快快樂樂生活而已。」

猝不及防傑明認真回答，咄咄逼人的堤蓓立時支吾了一下。

難道她真的太嚴苛了嗎？雖然生活拮据，不過這好歹也是傑明終於能隨心所欲的日子……

堤蓓稍微感到歉意之際，傑明驀然擠出他的招牌爽朗笑容。

「授封雖然有很多好處，可是妳知道嗎——」傑明語重心長，雙手用力按在她肩膀上。「勇者才不是一種職業，到處跟人家說我是勇者，絕對會被恥笑啊！」

堤蓓瞬間收起了內疚。

還用看垃圾的眼神盯著他。

「淪落成三餐不繼的流浪漢有比較不羞恥嗎？」

「做人要有骨氣！如果要當個靠銜頭混吃的寄生蟲，我情願做個浪跡天涯的吟遊詩人——」傑明話音未落，突然噴水池那邊傳來了驚恐尖叫。

他與堤蓓迅速望去，只見那邊停泊著一輛載貨馬車，馬兒不知道受到什麼刺激嚇壞了，兩名工人霎時也安撫不了，結果馬兒拉著貨車原地打轉。

貨架尚未綁好，繩索因馬兒的騷動鬆脫開來，沉甸甸的大木桶旋即飛出車外，咚隆隆的在大街上滾動不止。

途人紛紛走避，全然沒察覺一名小男孩被留下來了！

眼見木桶直奔而來，孩子當場呆住不懂反應，一名少女及時撲出將他推開，可惜只換成她來不及躲掉。

悲劇在即，傑明抓緊劍柄極速衝前。

「堤蓓！」

「契約者傑明，祭出你足以抵擋衝擊的體力。」

「樂意至極！」

話畢，堤蓓驀然消失無蹤。

抵達、剎步，傑明俐落拔劍，鑲在劍柄上的寶石頃刻散發幻彩流麗的光芒——宛如堤蓓的眼瞳。

銀刃一揮，鋭利不已的劍尖直直刺往桶身，木塊竟然沒有碎裂，而是穩穩的、剎那間靜止下來，如同不曾滾動一樣。

危機頃刻解除，運貨工人愣呆了好久才回神過來上前協助，四處走避的途人亦漸漸靠攏圍觀，一時間竊竊私語聲此起彼落。

「好可怕，怎麼會出這種意外！」

「真是幸好傑明回來了。」

「天啊……那女孩沒事吧？」

「哎呀，她是不是從魔界回來的那個——」

魔界？

確定工人們交接順利，傑明放心把劍收回鞘中之際，一句關鍵詞便傳到他耳內。

剛剛撲出來一起救人的那個身影，原來是認識的人嗎？方才實在驚險萬分，根本沒閒暇顧上對方是誰，現在傑明驚訝回望，只見一名金髮少女跌坐地上，是艾蜜莉……不，雖然有點像，可是眼前的女孩比較年輕，她身穿普通平民的裙子，天藍色的眼睛因受驚而遊離不定——

是露絲亞。

怎麼只有她一個，艾蜜莉在哪了？

「有沒有哪裡受傷——」

「露絲亞！」

傑明趕緊上前扶她站好，正想詢問怎麼回事，此時有人大叫露絲亞的名字。只見一名金髮碧眼，身穿聖職者服飾的女生，後面還跟著一名個子小小的綠髮男生——艾蜜莉和東尼，終於氣喘喘的趕來了。

「你們回來正好……」

還好不只有露絲亞一人，傑明也稍微放心了。他欲想交代情況，豈料艾蜜莉二話不說直接略過了他。

相隔一年多，一來就是無視嗎！不過妹妹差點出意外，艾蜜莉緊張也很正常。

「啊……傑明你怎麼在這裡！」東尼倒是恰如以往，一碰面便摟肩猛酸傑明。「吟遊詩人的流浪之旅怎麼樣，抵不住現實回來嗎？」

「太想念你們，受不了思念之苦所以回來了。」實情是，他替商人搬運貨物以換取一程順風車，沒想到這次乘著乘著便繞回來了。「你們剛剛都跑到哪？」

有東尼在的話隨便伸手一擋就能化解危機，畢竟是大力士嘛？傑明也不用表演般大庭廣眾之下又契約又拔劍。

「剛剛我替翠西做跑腿，湊巧遇上艾蜜莉她們。」東尼指指水池旁，那裡擱著幾個大布袋。「布製品那些我實在搞不懂，於是我們讓露絲亞在這裡顧一下東西，艾蜜莉和我一起去買，想說去去便回來……」

說著說著，東尼沒有接續下去，想必他也沒料到只是走開一會兒便發生事故吧？

「好了，露絲亞。」艾蜜莉替妹妹檢查一下狀態，又為她稍微整理儀容後，便拉她到馬車所屬的商人面前。「來，先道歉吧。」

聞言，傑明和東尼訝然，不約而同望向艾蜜莉。

「等一下，這又不是露絲亞的錯。」傑明忍不住上前反對，連意外過程都沒問詳細便要求露絲亞道歉，會不會太奇怪了？

他原以為露絲亞會順勢解釋，豈料她只呆望傑明半晌，然後掛上一抹大大的笑容。

「如果我反應靈敏一點便不會那麼狼狽，也不會嚇大家一跳。」露絲亞沒有自辯，乖巧的朝商人鞠躬致歉。「真的很對不起。」

「露絲亞平日很懂事，今天稍有疏忽冒犯了先生。」不只要求妹妹，連艾蜜莉自己也鞠躬道歉。「真的非常抱歉，我會再好好教導她。」

這一幕傑明看得滿腹疑惑，這究竟怎麼了？在他印象中，艾蜜莉是個一板一眼的人沒錯，可是還不至於這麼蠻橫無理？

「這也太奇怪……」

傑明欲要據理力爭，豈料還沒來及說些什麼，驀然雙腳一軟，整個人跪在地上。不只雙腳，疲累的感覺乍然襲來，他甚至連眼睛也睜不開。

真是個妙絕的時機啊堤蓓，不能再稍微等他把話說完才收取代價嗎？

夾帶著不甘又不爽的心情，傑明在同伴們訝異的目光之下，倒在街頭呼呼大睡。

※　　※　　※

傑明再次恢復意識，焦慮感亦同時來襲。

這次他睡了多久？

伙伴們都跑到哪？

這裡又是哪裡來著？

反射動作般，他眼睛還未完全張開便逼令自己半爬而起，同時伸手抓緊腰間的佩劍——

如今卻抓了個空。

「堤蓓？」

失去令人安心的支柱，傑明徹底驚醒！他嚇得整個人跳起，警戒地環視四周。

沒有無止盡的黑夜。

沒有滲入骨骼的惡寒。

更沒有危機四伏的雪林。

傑明看著不遠處的窗戶，愣呆了一會才意識到是個鳥語花香的大中午，佩劍與結他靜靜地擱在床邊的木櫃上，陽光把劍鞘和木盒照得微微發亮。

這裡不是魔界，不是那個隨時下一秒就會滅團的鬼地方——所有危險的事物早不復見，只剩下他一人站在柔軟的床鋪上茫然不懂自處，連一頭橘髮睡得翹翹的也懵然不知。

突襲的魔物、必須立即投身的苦戰、受傷低吟的伙伴——沒有，這些統統不會再出現，因為這裡是孤兒院，這裡大家都很安全。

一幕幕驚心動魄的畫面不由自主閃現眼前，他坐回床上呆望窗外那棵細葉榕被風吹得搖搖晃晃，內心反覆確認目前狀況。直到風停了，樹葉互相拍打的樂曲演奏完畢，傑明的雙手也不再顫抖，惶恐的表情漸漸鬆懈下來，換上一抹感慨的笑容。

嗯，和平真好。

「大家快來——勇者哥哥醒了！」

「誰——唔哇！」

傑明欲想繼續享受這閑靜的時光，背後卻驀然傳來一聲嗓子幼嫩的通傳。還未及回望，傑明已被一記重擊撞得摔倒地上，還把他壓得死死的。

他狼狽地翻過身來，總算看清究竟是誰襲擊他了——是孤兒院的孩子們！

「你不是說要到好遠好遠的地方，為什麼又回來了？」

「快過來一起玩！」

「我們好想念你！」

「聽說你在大街睡著了，真的嗎？」

用撲的、用抱的、用爬的，孩子熱情又毫不客氣地纏上來，亂七八糟提問一番，傑明霎時間應接不暇。就如翠西所說，這些傢伙大得很快，愈來愈重了！

「真是令人懷念的入睡方式啊。」

一把成熟的女聲響起，不知為何孩子們收斂了一點，不再堆在傑明身上。他艱辛坐好，便見翠西站在房門前，沒好氣地支著腰。

明明翠西表情兇悍，半張臉都紋上詭異的咒文，孩子卻毫不畏怯直奔她懷裡，緊緊摟著她。

「這也是令人相當懷念的揶揄呢。」回到小鎮後傑明早已打算探望勇者團的各位，結果重逢方式徹底超出預期。「沒想到還會發生這種狀況，對不起，嚇了你們一跳。」

說起來，應該是東尼扛他過來的吧？晚點去他家道謝好了。

「比起這種小事，要是你能別整天遊手好閒的話，我們會放心更多。」翠西有話直說，說不定在她眼內，傑明害她操心的程度不亞於她懷中那個牙牙學語的小妹妹。「好了，既然醒來就給我到空地幫忙，只會唱歌的蟋蟀不配有飽飯吃！」

蟋蟀！

孩子們無不笑得人仰馬翻，傑明感到連佩劍的寶石也忽然耀眼起來。是這樣吧？在堤蓓眼中他也一定是隻連冬天也沒到就已經餓死街頭的蟋蟀對吧？

「你們得意什麼？等下就要上課了，艾蜜莉姊姊昨天交代的功課，都做完了嗎？」翠西一句質問，孩子們心虛的打打鬧鬧跑掉了，房間一下子安靜許多。

「等、等一下。」見翠西也打算離開了，傑明連忙叫住了她。「可能是我錯覺……可是妳有沒有覺得艾蜜莉有點怪怪的？例如說、情緒很繃緊之類？」

「我不知道。」翠西聞言思考了一下，沒料到她給出是與否以外的答案。「畢竟艾蜜莉也只是剛回來，比你早半個月而已？」

咦？艾蜜莉也離開過？

「大約就在你突然跑去流浪之後幾天吧？艾蜜莉收到教會的調職信，好像是隔壁鎮人手不足？」翠西用複述舊聞的平淡語調，告訴給從未聽聞此事的傑明。「後來我們這邊的老祭司閃到腰，反正年紀大了就索性回首都退休，於是艾蜜莉又帶著妹妹調派回來……怎麼了嗎？」

「不、沒什麼……我先去幫忙了，好期待今天的晚餐！」

如果連翠西也沒有頭緒，傑明也不知道該從何說起，只好順勢藉詞跑掉。

還記得他們一行五人回來小鎮後，什麼慶祝活動啊、協助更新魔物情報啊諸如此類的雜事都差不多辦完了，傑明立即丟下一句「我要當個吟遊詩人」便跑掉。

離開前，大伙兒看來都好端端的。

然而更後來的情況，他便無從得知了。

說不定他只是想太多？抑或、是因為謁見領主的那次考驗……

內疚感剎那間湧上心坎，傑明緊握了拳頭。

唔嗚……光在這裡發呆有什麼意義，不如思考一下有沒有什麼他能夠幫上忙的事還比較實際。

傑明匆匆忙忙梳洗了一下，便來到院舍背後的大空地。微風夾帶著春季的潮濕氣息捲席而至，揚起了孩子的衣裳和被單，在五顏六色與純淨素色之中，一名金髮少女的身影便揭露於眼前。

原來露絲亞早就在這裡幫忙了。

她捧著一個大木盆，內裡還剩不少衣物布料，顯然才工作到一半，她便愣在原地一動不動，目不轉睛盯著別處。

是看到什麼很吸引的東西嗎？傑明好奇順著露絲亞的視線望去，這下令他反而更疑惑，不就只是一群孩子在玩踢罐而已？

不對，這麼認為的話似乎膚淺了點——

畢竟露絲亞從來沒有在人間生活過。

只要稍微相處一段日子，便會發現一些大伙兒認為普通不過的事情，她都毫無概念，像是金錢、馬車、農田，甚至當初聽到教堂的鐘聲，也足以令她嘖嘖稱奇。

不知道現在是否一樣，說不定她覺得踢罐很新奇吧？

傑明打算上前打招呼，唯獨沒走兩步便猶豫起來。他看著不遠處的少女，腦海浮現的卻是回到小鎮後，獲邀謁見領主的那幕。

裝潢華麗卻充滿敵意的房間。

本該歡聚暢談卻轉眼神情凝重的同伴。

還有，被利劍指著仍掛著微笑的露絲亞——

內疚感捲土重來，重重壓在胸口，迫使傑明躊躇了一下。未幾他用力搣搣頭，強行無視內心的疙瘩，硬著頭皮走過去。

要是每次碰面都得這樣磨磨蹭蹭的話，他寧可一鼓作氣逼迫自己習慣。

「看明白怎麼玩了嗎？」

「不太懂……總之踢到罐子就贏了？」

「妳看出精髓了，不錯嘛！」

倏地一句讚賞，露絲亞這才回神過來望向傑明，一雙藍眸訝然圓睜。傑明有點哭笑不得，明明剛才一直在對答，怎麼現在才發現他？

「久疏問候，傑明先生。」直到半晌過後，露絲亞彷彿記起什麼似的，微笑鞠躬行禮。「昨天你忽然倒下了，現在好點了沒？」

「在魔界冒險的時候，這種情況實在見怪不怪了。」猝不及防被百般正經對待，傑明靦腆得抓抓面頰。「不過躺在大街上還是頭一回，挺尷尬的。」

「說起來，昨天也沒來及跟傑明先生道謝呢。」才站正身子半秒，露絲亞又再次欠身。「幸好有你，不然恐怕我又害姊姊擔心了。」

這、真的是傑明當初救回來的女生嗎？看著露絲亞整套無懈可擊的談吐禮儀，傑明總覺得跟他記憶中的形象反差也太大了，這種感覺就好像看到一隻原本對任何事物都感到新奇的幼犬，受到嚴格的正規訓練，變成乖巧馴順的工作犬那樣。

雖說有禮貌是好事，可是時時刻刻對誰都這樣，不就太拘謹了嗎？

久疏的問候，應該有更親切的方法才對。

行禮完畢，露絲亞站正身子，天藍色的眼瞳再次迎上茶目，已見傑明掛上一抹爽朗的笑容。

「先不說那些，等下要不要一起玩？」傑明指指正在踢罐的孩子，不假思索邀請。「天氣那麼好，不只適合晾衣服也適合盡情玩個夠啊！」

傑明示意露絲亞抬頭仰望，藍天白雲配上陣陣清風，看吧，不狠狠去玩實在太浪費了——雖然常常被艾蜜莉和翠西嗆他這是歪理！

露絲亞剛才看得那麼入神，大概挺感興趣的吧？的確有那麼一瞬間，她的藍眸流露出一絲絲憧憬，唯獨沒多久她又用力撇撇頭，強行從傑明的花言巧語中清醒過來，努力保持那抹客套笑容。

「等下姊姊會來接我上課，你們玩得開心就好。」

「那麼在她發現之前，就玩一會如何？」

「咦……」

「踢罐的話，我還有一招必勝技巧呢？」

露絲亞聞言再次眼前一亮，似乎很感興趣想要追問，最後卻硬生生吞回去。

啊哈哈，她會逞強多久呢？露絲亞好像很刻意模仿姊姊的那種認真端莊，可惜稍微逗弄一下便破功了，傑明忍住笑意，這種反差也太逗趣。

「要不然，這樣好了。」傑明取過露絲亞懷中的木盆，深呼吸了一下，朝空地大叫。「你們可以過來一下嗎——」

聽見傑明的呼喚，原本還在玩耍的孩子紛紛靠過來。

「勇者哥哥怎麼了？」

「要來玩嗎？」

「好久沒和你一起玩了！」

「我們也很想加入啊，可是衣服還沒晾完，大家可以來幫忙嗎？」傑明擠出一副非常飲恨的浮誇表情，惹得大伙兒哈哈大笑。「一起幹活很快便完成，然後露絲亞姊姊就可以安心來玩了。」

「什麼？露絲亞姊姊也要來玩嗎？」

一直默默看著大伙兒熱熱鬧鬧的露絲亞，忽然成了眾人的焦點，她有點手足無措。她看看小孩又看看空地上的鐵罐，終究敵不過誘惑，一臉豁出去了。

「如果只是玩一會的話……」

「太好了——姊姊終於來玩了！」

「那麼我們趕快幫忙！」

「可是你們滿手都是泥巴耶？」

「來去洗手——」

聽到意想不到的答案，孩子們表現得比傑明和露絲亞還要雀躍。一窩蜂的跑來，一窩蜂的跑走，他們的笑聲漸走漸遠，空地轉眼間只剩兩個人。傑明瞄向露絲亞，便見她也掛著微笑，歡天喜地趕緊工作。

所以說，她其實挺感興趣的吧？

說實在，傑明不怎麼了解露絲亞，畢竟相處時間實在太短。

會把露絲亞形容成幼犬，因為當初回到人間時，或許這個世界有太多她不曾接觸的事物，對她而言太新奇刺激了，於是三不五時就會發呆，或是非常好奇卻又戰戰兢兢，看起來簡直是一頭無辜又傻乎乎的幼犬。

沒想到，現在這才是她的本性——

噹鏘！

傑明與孩子們目瞪口呆，看著地上的鐵罐應聲飛到老遠。

「贏啦！」露絲亞高興得手舞足蹈，急不及待跑過去拾回鐵罐，準備下個回合。

這哪裡無辜了，她好活潑啊！

好不容易工作結束，傑明趕緊拉著露絲亞走進孩子群中。最初露絲亞帶點羞怯地和大家打招呼——然後便一直毫不客氣輾壓到底。

「又是露絲亞姊姊贏了。」

「一直以為那個姊姊只會站在旁邊看，原來那麼厲害啊？」

「真的！連勇者哥哥也跑不過她，好遜啊！」

傑明胡亂擦一把汗，不自覺和在旁稍微休息的孩子們一起碎碎念，就算被揶揄也反駁不來。

「在這之前我還準備遷就她幾局的說……」即使他還沒說完，大伙兒也默默意會到後續——沒想到他們出盡全力了，仍然倒輸幾局。

不對，怎麼連這群小孩也那麼驚訝？

「那姊姊居然一次也沒有來玩嗎？」傑明還以為她只是沒玩過踢罐，從孩子的言談看來，她原來什麼都沒參與過？

「說起來，好像第一次碰面時她有跑過來？」

「可是祭司姊姊硬拉著她走掉了！」

「之後即使我們主動邀她，她都搖搖頭拒絕。」

「祭司姊姊無論對誰都好嚴格啊——」

孩子們七嘴八舌供出所知道的情報，彷彿在替不能盡情玩樂的露絲亞抱不平，傑明組織了良久，最後恍然大悟。

每天到孤兒院講道是祭司的職務之一，再者艾蜜莉很喜歡事無大小操心一番，想必每天也會帶上妹妹來這裡吧？看著不遠處的露絲亞，大汗淋漓連髮絲都黏到臉上了她也毫不察覺，如此喜愛玩鬧卻每天只能站在旁邊看啊……怪不得她現在那麼高興。

看著露絲亞笑得開懷，傑明也漸漸有點釋懷了。

他曾經，用劍攻擊露絲亞。

這件事發生在勇者團回到人間不久，謁見領主的那天。

或許是領主長年深居大宅，再加上年紀老邁不再適合舟車勞動，勇者團的歷險對他而言甘之如飴，熱情招待了好幾天。

「這個女孩就是血祭時失散的妹妹？」

直到大家把所見所聞分享得差不多了，領主的好奇心尚未被滿足似的，主動問及露絲亞。

「對，那時候我親眼看著露絲亞被一群會飛的魔物抓走——」

艾蜜莉滿心歡喜地握著露絲亞的手，講述這些年來深信妹妹仍然在世的堅定意志，還有在魔王城時奇蹟重逢的一幕。

唯獨感人的故事未能令領主展現歡顏，甚至愈聽愈眉頭深鎖。

「時間也不早了，相信領主大人也有要事在身，改天再一起閒聊吧。」翠西察覺相談甚歡的氣氛驟變，於是藉詞拉著眾人趕緊離開，可惜已經為時已晚。

手持兵器的衛兵，瞬間擋住謁見室所有門窗，將一行五人重重包圍。

「我並非猜疑你們的能力和貢獻，我以領主之名起誓，衷心感激你們獻出勇氣與智慧換來人間和平。」領主摸摸一把灰灰白白的鬍子，話鋒一轉，變得語重心長。「可是你們也得體諒……魔王抓走一個人類女孩養活成人，這種難以置信的事情，我身為領主無可避免會有所憂慮。」

「露絲亞是我的妹妹沒錯！」艾蜜莉焦急得高舉與露絲亞相牽的手，展示二人掛在手腕上的同款銀鐲。「我們發現她時，她仍然戴著我父親鑄造的銀鐲，上頭還刻著母親的字！」

「那也只能證明銀鐲的來歷，並不能證明這女孩與當初失散的是同一個人。」領主為難地嘆息了一聲，輕描淡寫指出盲點。「唉……如果拿不出更有力證據，恕我沒辦法安心放行了。」

怎樣才算有力的證據？

房間陷入寂靜，勇者團陷入沉思。

「我明白了。」翠西毅然按著傑明的肩膀，開腔要求。「傑明，請提蓓出來吧。」

咦？

「等一下，叫她現身幹嗎？」傑明有種不好的預感。

而翠西也不閃不躲直說：「我希望堤蓓能在露絲亞身上揮一劍。」

「對耶——你跟國寶級精靈契約了耶！」說到這裡，東尼也總算恍然大悟。「以刃精靈的身份與地位，請她協助認證肯定滿滿說服力！」

「這根本畫蛇添足！」幾乎是立即，傑明強硬拒絕了。「如果露絲亞是魔物，堤蓓早就有所行動，她沉默就是最好的證明，根本用不著揮劍！」

「我知道你很為難，可是現在正正需要一個淺白的儀式。」翠西看穿了領主堅持的理由，壓低聲線跟傑明解釋。「若然露絲亞通過考驗，他日遇上質疑也有領主可以作證，這是保護民眾，同時也是保護我們。」

沉默不語的艾蜜莉，天人交戰了良久終於下定決心，縱使她臉色煞白，卻仍將露絲亞拉到傑明面前站好。

「為了大家著想，妳務必要忍耐，神會為妳安排一個最好的結果。」艾蜜莉順了順露絲亞的長髮，然後咬緊牙關退到一旁。

轉眼之間，謁見室的中央只剩下傑明與露絲亞，還有不容拒絕的局面。

傑明緊握拳頭，總是看來很溫柔的茶目，現在眼內全是不堪。道理都聽懂了，可是要他用劍指向手無寸鐵的女孩，實在是……

「你在擔憂什麼嗎？」

呆站了良久傑明仍遲遲沒有動作，露絲亞不解地輕輕一問，卻使傑明更為難了。

「妳理解接下來我會做什麼嗎？難道妳不會覺得害怕？」再說，她不會難堪嗎？被唯一能依靠的人們懷疑什麼的……

聽罷，露絲亞垂下了眼簾。

「我……什麼都記不起來了。」

她低頭搓揉著手指，不知道是因為即將面臨考驗而緊張，還是深怕發言會惹來更大的猜疑而不安。

「為什麼會在魔界？獲救前是怎麼生活？諸如此類的問題我也有努力回想過，可是也只有一些零碎又無關痛癢的畫面，像是冰天雪地啊、不知為何滿身瘀傷和骨折……我對過去一無所知，不過、即使我說我知道，這也只是我片面之詞吧？」

傑明欲要反駁，張開口卻吐不出話來，畢竟他心底還是非常明白，毫無證據之下，信任與否只能以身份來定奪。

露絲亞在勇者團眼中，是歷盡患難終能重逢的妹妹，更是在環境嚴峻的魔界裡令他們堅持下來的希望，因此他們幾個當然能給予無限的包容與信任。

然而在那些不相關的人看來呢？

渾身謎團的少女，連她本人也沒辦法說清原委。

就算她沒有失憶，明明在殘暴不仁的魔族手裡，竟然四肢健全完好無缺，甚至仍帶著一點純真和嬌柔，無論如何也太不可思議——無論什麼原因，都不可能令眾人信服。

「所以、如果做點什麼可以換取大家信任的話——」露絲亞再次抬眸，向傑明報以微笑。

「拜託你了。」

沒錯，不論是露絲亞，抑或是堤蓓，這的確也是信任的證明吧？

「妳都聽見了吧？堤蓓。」

傑明總算下定決心，索然拔出佩劍，倏地，謁見室以佩劍為中心，刮起風來。

佩劍上的寶石流轉出幻彩光芒，光芒最強烈的一刻，一名小女孩便驀然現身。

銀白色的裙襬下，一雙嬌小的腳踝輕抵劍尖，白色長曲髮隨風飄逸，長長的精靈耳朵於髮絲間若隱若現。濃密的睫毛猶如蝴蝶輕輕拍翼，不可思議的幻彩雙眸便綻放於人前。

「這、這位就是我國傳說中的——能化成任何利刃的精靈……」

幼童的臉龐配上銳利的眼神，那份淡漠空靈的氣質，毋須一言便令人深信堤蓓並非凡人，即使是年邁的領主也驚訝得話不成句。

不只在場各位，這下連傑明亦看呆了。堤蓓平日總是無聲無息地出現，她這次那麼浮誇，大概也是想一勞永逸吧？

「契約者傑明，召我現身所謂何事？」

「堤蓓妳不會傷害人類，對嗎？」

堤蓓瞥了露絲亞一眼，淡然回答：「我們不可能傷害貨真價實的人類，除非你與我結下傷害人類的契約。」

刻意的問題與答案，還有那異於平常的談吐，傑明默默感激堤蓓那麼配合之餘，更多的還有無奈。

「那麼，來給露絲亞考驗吧。」

「依你所言。」

話畢，堤蓓便化成點點白光，融會到劍柄上的寶石，寶石便閃爍著與她眼睛如出一轍的幻彩光芒。

堤蓓消失於眼前，餘下的劍尖恰恰指著露絲亞。

剛剛稍微放鬆的心神，頃刻又再次繃緊起來，傑明手握長劍，卻始終沒辦法一鼓作氣。

「如果妳覺得不行，我會罷手。」縱使傑明實在不該猶疑，唯獨在他看來，攻擊人類這點依然是個鐵一般的事實。「就算一起進牢房也可以，我絕對會找出別個方法——」

「謝謝你為我考慮那麼多，不過這樣就好。」露絲亞輕輕搖頭拒絕，她依舊保持微笑，然而緊捏著裙襬的雙手悄悄出賣了她的真實心情。「如果這麼做會令大家安心，那這樣就好。」

傑明的憐憫，似乎反成了露絲亞的煎熬。

趕快把這難堪的一切結束掉吧。

「……對不起。」

道歉過後，傑明緊握佩劍，用力一揮——

噹鏘！

清脆的破碎聲，打斷傑明的思緒。

不知是哪個孩子玩得太盡情，一記將鐵罐踢飛到半空，強風把罐踢吹得更高。大伙兒沒辦法預測鐵罐會掉落到哪兒，不約而同一邊仰望一邊奔跑，沒注意地面情況的結果，想當然就是撞成一團。

而且把翠西悉心照料的藥草盆栽打翻了！

原本空地上充斥著嬉笑怒罵，轉眼間隨風而散，只剩一片「糟糕了」的愁雲慘霧。

「勇者終於有新任務啦！」率先回神過來的是傑明，他搶先衝到摔成一堆的植物前收拾殘局。「你們就不要撿了，瓦片說不定很鋒利，保護你們是勇者的職責！」

「那麼厲害的話就請在危險發生前阻止啊！」

「收拾碎片而已，用不著那麼英勇？」

年齡比較大的孩子連番吐槽，雖然大伙兒還是心有餘悸，不過氣氛一下子緩和不少。孩子們陸續分工合作，嘗試趕在被發現前把現場還原，露絲亞也上前安撫撞倒盆栽的那名孩子，又替他拍拍身上的泥巴。

「站得起來嗎？有沒有受傷——」

「不好，翠西姊來了！」

沒想到大伙兒整理到一半，終究避不過被當場逮住的命運。只見翠西和艾蜜莉原本一臉泰然，卻察覺眾人神情心虛又緊張，趕緊三步併兩步跑來。

「怎麼回事？有人受傷了嗎？」翠西環視全場一周，終於發現受傷的不是人而是她的盆栽，整個人立即抱頭哀叫。「天啊！我的草藥——」

「這是怎麼回事？」看到翠西泫然欲泣，艾蜜莉立即上前，嚴厲地質問露絲亞。

露絲亞微微怔住了一下，那個真正闖禍的孩子看到艾蜜莉怒不可遏的模樣，嚇得只敢抓緊露絲亞的裙襬，惶恐地躲到她身後。

或許擔心孩子會受罰，露絲亞遲疑了良久才避重就輕地解釋：「玩踢罐的時候……不小心把盆栽打翻了。」

「唉……還記得姊姊教妳什麼嗎？」幾乎是立即，艾蜜莉失望輕嘆一聲，彷彿早已斷正闖禍的人是誰。

「要時刻謹慎。」

「妳真有記住的話，姊姊會很高興。」艾蜜莉苦笑了一下，當著眾人面前，重新將一直以來的教導鉅細無遺地說一遍。「我們的出身不好，可是仍然遇到願意接納和包容我們的人，這是神賜的新生。所以我們該好好珍惜，一舉一動一言一語都要時刻謹慎，做個討人喜歡的孩子，只要稍有差池，良好的印象還有好不容易得來的信任就會被毀於一旦，妳真的都有記住了嗎？」

「我都記住了，下次會多加注意的，對不起。」

「妳該道歉的對象不是我。」

露絲亞唯唯諾諾低頭認錯，沒想到姊姊卻沒有接受她的道歉。她望向躲在身後的孩子，孩子也一臉憂心忡忡又歉疚回望她。

明明沒有做錯事卻被揪出來認罪，就算真正的犯人是個孩子，說實在把對方供出也無可厚非。唯獨露絲亞只摸摸孩子的頭，牽起一抹「不用擔心我」的微笑。

「不是露絲亞姊姊做的——」

「我們也有不對！」

「是我們不小心打破了盆栽，翠西姊對不起。」

露絲亞深深鞠躬正準備道歉，終於有些人看不下去，站出來說話。

「謝謝你們如此誠實，可是露絲亞和你們不一樣。」孩子們七嘴八舌紛紛說出事實，然而艾蜜莉的立場仍然很堅定。「我很嚴厲沒錯，可是萬一做了觀感不好的事，惹來了不好的言語，最終受傷的可不只有露絲亞而已，畢竟她是被魔物養大的孩子——」

「好了，既然你們都道歉了，這次就算囉，下次給我小心點。」翠西大概察覺到艾蜜莉不知要喋喋不休到什麼時候，趕緊上前拉開露絲亞。「餘下的傑明會處理，時候不早，你們快去上課！」

露絲亞從魔界回來人間，有沒有適應新生活？過得快樂嗎？

傑明看著跟隨大伙兒魚貫地返回院舍，和孩子們笑嘻嘻地談話的露絲亞，總覺得那個問題的答案，說不定比想像中還要複雜得多。

「一星期前——」

翠西驀然說話，拉回了傑明思緒。

「是我提出不如讓露絲亞過來孤兒院幫忙，我才得以見著她。」她同樣看著不遠處的孩子們，神情相當複雜。「不要怪責艾蜜莉，或許連她自己也沒發現，她似乎還沒有準備好接受妹妹的身份，也有可能是因為那次我強迫她們考驗……」

「那不全是妳的責任，也有我的。」傑明看出翠西也在擔心艾蜜莉，要她別太自責。「既然我回來了，那就一起想辦法挽救吧。」

聽罷，翠西稍微釋懷苦笑，用力拍拍傑明肩膀便離開。既然翠西都這麼說了，所以早陣子的疑惑真的不是傑明錯覺。他當初會離開小鎮旅行，不多不少也是因為堤蓓的考驗後，自覺難以面對這對姊妹，如今繞了一圈，還是不得不面對。這下好了，究竟要如何引導那兩姊妹從各種的陰霾中走出來——

「我覺得你不要多管閒事比較好啊？」

正當傑明努力思考，不知什麼時候，堤蓓再次以小女孩的姿態站在他身旁，一同眺望人群。

「你根本不需要內疚，或是認為有責任必須承擔什麼。」堤蓓蹦蹦跳跳走到傑明身後，細看那些可憐兮兮的盆栽，神情語調全然事不關己。「如果你有這份閒情，我寧可你謹慎一點。」

「還要顧慮什麼……」縱使再怎麼不堪，露絲亞也已經通過所謂的考驗了啊？

傑明想要反問之際，他轉身回望卻見堤蓓已經消失得無影無蹤，唯獨耳畔仍迴響著剛剛來自精靈的警告。

他猜不透，堤蓓想說什麼？

不管了，總之這件事他不去處理，恐怕只會惡化下去。

※　※　※

孤兒院的小教堂內，細碎又持續響起筆尖劃過紙張的聲音。

陽光照過彩窗，莊嚴絢麗的光芒恰好灑落在紙張的一角，勾起露絲亞的玩心。她渾然丟下抄寫到一半的經文，沿著彩光的邊沿繪出一片片藍色的蝴蝶和一朵朵粉色的花兒。

看起來像是花與蝶自己在發光，夢幻極了。

露絲亞追著彩光一直畫，驀地才發現桌面上不只有經文、墨水和紙張，不知何時還多了一顆蜜糖色的糖果。她撿起來左顧右盼，原本不遠處的座位還有幾個孩子，如今那些埋頭苦幹的小身影卻忽然不見蹤影。

大家都到哪裡去……唔！

正當她深感疑惑之際，驀然一顆小小的東西敲中了她的額頭，隨後教堂一隅傳來竊笑聲。她捂著微微泛痛的額角順勢望去，這才終於發現站在窗邊的傑明，和不在座位的孩子們，他們的手裡同樣拿著糖果，帶著笑意向她招手。

一如既往，露絲亞笑瞇瞇的跑過來了。

「傑明先生──」

「不、打招呼就不用了。」話音未落，傑明搶先打斷露絲亞百般正經的問候。「妳也在忙功課嗎？」

「沒有，我在抄寫經文。」

「是那個！小時候我也抄過不少，簡直比罰跑一百圈還辛苦！」傑明恍然大悟，未幾抓抓一頭橘髮，帶點尷尬地回憶。「打破教堂玻璃窗，和其他人用掃帚混戰什麼的，之後總是被罰抄經文，不過回想起來莫名其妙很懷念啊。」

「露絲亞姊姊做了什麼被罰的事嗎？」

「就是昨天——」

「難道是昨天踢罐連勝嗎？」

「咦？不是……」

「說起這個，姊姊真的好厲害啊！」

「連勇者哥哥都敗給了妳，究竟是不是在讓賽啊？」

「才沒有，我每一次都全力以赴啊！」

驀然某名孩子不解追問，露絲亞本想如實作答，卻再次被傑明捷足先登，還順勢把話題拉到老遠之外。雖然露絲亞沒機會把真實的答案接續下去，但果然是被艾蜜莉罰了吧？

「這個妳不吃嗎？」看著露絲亞被孩子鬧騰得應付不來只懂賠笑，傑明指指她手上的糖果，再度把話題帶走。「蜂蜜蘋果糖，有吃過嗎？」

「修道院會派糖果給孩子，有時候我也可以吃上幾顆。」露絲亞點點頭，糖果的幸福滋味令她的微笑也添上幾分甜。「對了，我很喜歡吃蘋果啊！」

「那妳吃過焦糖蘋果嗎?那個也很好吃啊!」

「那是什麼?」

又是孩子們漫不經心的話題,卻沒想到自稱喜歡蘋果的露絲亞一臉茫然,這預想外的反應連孩子們都愣呆了一下。

「就是厚厚的糖漿包裹著一整個蘋果——」

「咬下去脆脆軟軟,酸酸甜甜的!」

「翠西姊每星期都會親手做幾個給最乖巧的傢伙,不過節慶的話每人也有,姊姊妳真的沒吃過?」

孩子們努力形容,露絲亞光用聽的也忍不住吞嚥了一下,遺憾想像到最後,她只能笑著搖搖頭。傑明納悶極了,明明是個隨處可見的普通小吃,看樣子、她該不會回到人間以來都深居修道院,即使回到小鎮後也一直教會和孤兒院兩邊走,連市集都沒好好逛過?

這也太可惜了吧?

「想吃嗎?我們現在就去?」

露絲亞張開嘴巴欲言又止,最後抿抿唇笑著拒絕:「謝謝邀請,只是我再到處亂走的話,說不定又惹出什麼事令姊姊生氣了。」

「有什麼關係,我也常常惹她生氣,還不是活得好好的?」

「這不一樣吧？我和你又不一樣……」

有什麼不一樣了？傑明正想反問，此時孩子們忽然一哄而散，怎麼回事……

「翠西小姐下午好！」

只見露絲亞笑瞇瞇地鞠躬問好，傑明恍然才發現翠西正站在他身後，擋住了大部份陽光。

「顧著聊天，功課做好了沒？」翠西揚起嗓子朝室內詢問，果不其然沒有孩子敢回應，她轉而沒好氣地盯著傑明。「如果你很閒，來替我到市集買點東西，不要打擾他們學習。」

她把一張清單塞到傑明手裡，傑明粗略看了一下，顏料、食材、日用品之類的……嗯？最後一項是什麼來著？

待購清單中，末端寫上一個意想不到的東西，傑明有點訝然地抬望，便見翠西對他挑挑眉。

長年冒險而培養的默契，就在這時發揮了作用。

「東西好像有點多，露絲亞來一起幫忙好了。」

「可是、我還沒完成經文……」

「我會跟艾蜜莉說一聲，都是些趕著用的東西，趕緊出發吧。」

二人一搭一唱，露絲亞全然找不到回絕的空隙，她就這樣趕鴨子上架似的，被推著離開孤兒院。沿途上傑明一直和她說說笑笑的，直到抵達市集附近，露絲亞終於按捺不住開口詢問。

「突然跑出去，真的可以嗎？」

「真的沒關係，翠西不也保證——快看看，那個可愛得亂七八糟的是什麼！」傑明再三保證之際，突然驚呼一聲，跑到一家擺滿了布娃娃的攤檔。「這隻不是貓嗎？居然還有不同花紋耶！」

傑明拉著露絲亞蹲下來，抓起幾隻造型逗趣的貓娃娃在她面前亂晃。

露絲亞被逗樂了，也隨手捧起一個小鳥造型的布娃娃，圓滾滾又軟綿綿的觸感治癒了她內心的不安，天藍眼瞳瞬間明亮起來。

「這、真的好可愛……」

「還有那邊——是不是香薰瓶？也太厲害了吧！」

「咦、等等……」

還沒來及細看其他娃娃，露絲亞已被傑明拉到別個攤檔前，精緻奪目的琉璃瓶立即看得她嘖嘖稱奇。新奇有趣的事物一個緊接一個，令人目不暇給，最初露絲亞還是有點拘謹，後來不知何時起，由傑明拉著她走，變成她搶先走在前方。

亂中有序的市集內，攤販們築起不同顏色的天幕用以分劃區域，陽光透過七彩繽紛的布簾，把露絲亞的金白色長髮染成不同色調，猶如一隻白粉蝶撲入塵世，與繁華同化。

看著露絲亞打從心底享樂的表情，傑明也放心笑了。

要是任由露絲亞在市集前磨磨蹭蹭，倒不如直接拉她走進來，用熱熱鬧鬧的氣氛，還有琳瑯滿目的事物令她徹底卸下心防。

「是那個姊姊！」

正當露絲亞和傑明在一家相當夢幻的手工糖果店，一起看著焦糖蘋果饞嘴時，一把幼嫩的嗓音倏地呼叫。二人朝聲音望去，便見一名婦人哭笑不得的拉著她的孩子，姍姍走近。

「啊……是你！」看著那個害羞地躲在母親身後，又不時探頭窺看她的孩子，露絲亞努力回想一會，總算記起對方是誰。「對不起，那天用力推了你一把，沒有受傷吧？」

孩子沒有點頭也沒有搖頭，緊張得抓緊母親的衣袖，惹人憐愛的模樣令露絲亞忍不住笑了。

「你不是有禮物要給姊姊嗎？」婦人輕聲鼓勵，孩子終於鼓起勇氣走上前。「那天謝謝妳保護了我兒子，他每天也要來這裡找找，就是想和妳道謝。」

孩子滿臉通紅，羞怯地遞上一個粉色的蝴蝶結髮夾。

「謝謝你——」露絲亞先是乍驚乍喜，唯獨她遲疑了一下，最終沒有接下。

大概又是那些拘謹過頭的禮儀吧？傑明甚至不用費神，便知道露絲亞在顧慮什麼，毅然蹲到孩子身旁。

「哇——這個好漂亮！是你親手做的嗎？」他細看髮夾，賣力稱讚。

「和媽媽一起做……不過緞帶是我選的。」

「這個傻孩子一直記著這位小姐那天穿了粉色裙子，所以選了粉色的。」

「好厲害！要不要親自替姊姊戴上啊？」

傑明熱情地邀請孩子。

孩子怯怯地瞄了瞄露絲亞。

或許是敵不過孩子充滿盼望的閃爍眼神，露絲亞最後一鼓作氣蹲下來，讓孩子笨拙地把髮夾夾在她金白色的長髮上。

「下次我會穿粉色裙子的。」原本順直的頭髮反而弄得有點亂糟糟，露絲亞並沒有在意，只摸摸耳鬢旁的蝴蝶結，笑得更燦爛了。「我很喜歡啊，謝謝你！」

孩子似乎心滿意足了，他一言不發便硬拉著母親離開，婦人只好一邊叮嚀孩子別走太快，一邊回頭向露絲亞微笑揮手道別。

「來替妳梳理一下。」傑明想到露絲亞接下來會整天頂著這個趣怪髮型，便主動請纓幫忙。「不用擔心，我也曾替不少女生梳頭啊？」

「好厲害！是打工時學會的嗎？」

「呃、不……只是照顧孤兒院那些小妹妹時學會而已。」

他刻意調侃一下，原以為露絲亞會嬌嗔或是吐槽，沒想到她笑著稱讚，傑明只好唯唯諾諾說出實話。

她竟然沒有聽懂，從最惡邪的魔界回來，卻是最純真的那個啊……是對人類的社交沒太多概念嗎？傑明有點挫敗，認命拉露絲亞到噴水池旁坐下，拆下髮夾放回她手裡，只見她放在掌心把玩了一會，驀然重重嘆了口氣。

「不喜歡嗎？」雖然大概知道真正原因，但傑明仍明知故問。

「我喜歡呀！」幾乎是立即，露絲亞連番點頭，唯獨笑容摻雜了些苦澀。「可是我姊姊說幫助人是義務，所以……」

「怎麼了？妳覺得乖孩子不應該被獎勵嗎？」傑明梳理好她的長髮，把髮飾重新掛到她頭上後，趕緊拿出藏在身後的紙袋。「這下可麻煩了，我還被拜託買了這個。」

「咦、這是？」

話音未落，露絲亞回神過來，手裡已握住了一顆焦糖蘋果，光澤亮麗的糖衣倒映出她驚訝的表情。

「妳想坐在這裡吃完才回去？還是回去再吃？如果留待明天的話──」

「不、等一下——真的等一下。」露絲亞不習慣接二連三被獎勵似的，第一次打斷傑明說話。「這顆點心你真的要送給我？」

「沒錯，翠西寫著『要好好獎勵乖孩子』，所以我也只是奉命行事而已。」傑明亮出購物清單，大條道理直指最後一項。

「我、已經不是小孩了啊？」露絲亞目瞪口呆了好久才終於勉強想出藉口，生硬笑著婉拒。「傑明先生也很乖，所以你自己吃就好。」

她的反應實在太逗趣了——剛才的挫敗感杳然消除，傑明強忍笑意，假裝認真思考繼續逗她：「既然我們都很乖，那就一人一半？」

「不用了、反正我不可以……」

「有什麼不可以？啊，難道說——」傑明收起笑容，一雙茶目毫不忌諱的直視她。「因為妳是『魔物的孩子』嗎？」

這個瞬間，露絲亞的肩膀僵住了。

果然是這麼回事。

露絲亞低頭沉思了半晌，默默認同這個說法：「說實在，我不認為姊姊的擔憂有錯……」

「那妳自己怎麼想？」

艾蜜莉的想法並非不重要，然而此刻傑明更想了解露絲亞的看法。不過，是不是她仍然有所顧慮了？露絲亞沉默良久沒有回應，傑明只好換個方式追問。

「這麼問好了，妳覺得剛才市集的各位和我，有這樣看待妳嗎？」

「才沒有——」

傑明看準露絲亞想要反駁，她一張開口，便直接把焦糖蘋果塞到她嘴邊。

傑明露出奸計得逞的笑容：「既然妳都這麼說，那就沒問題了。」

焦糖的甘與苦、蘋果的香與甜在舌尖上擴散，難以抗拒的美味直接征服了露絲亞，她把甜點好好的握在手裡，小口小口的咬起來。

「好吃吧？」

「嗯，真的好好吃……」

「難得從魔界逃出來，如果仍然沒法隨心所欲生活，實在太可惜了。」

脆脆的糖衣在口中卡咯卡咯響個不停，直到糖果碎片混雜果肉一起融化後，露絲亞才終於聽見最後的那句話。

一雙藍眸茫然望向傑明，只見他原本若有所思地盯著遠方，察覺露絲亞的注視後，便回以一抹大大的、陽光般的笑容。

「還說自己不是小孩。」

傑明忍不住笑著揶揄，然後伸手擦走黏在露絲亞嘴角的糖碎。

不知道是否因為夕陽西下，淡淡橘色映照臉龐，令露絲亞看起來有點像她手裡的焦糖蘋果，蜜色之下泛著緋紅。

傑明默默收回前言。

她的確不是小孩，小孩才沒有這種衝擊力。

「其實我知道的啊？」

什、什麼？露絲亞突如其來的一句，心不在焉的傑明登時心虛。

「你和翠西姊在擔心姊姊，對嗎？」

對、這才是傑明硬拉露絲亞出門的目的。

「也不只擔心艾蜜莉，我們也在擔心妳。」傑明清清喉嚨，既然對方主動開門見山，他也不轉彎抹角了。

「對不起，都怪我什麼都不懂，只能依賴姊姊保護，害她那麼費神又害你們擔心了。」露絲亞擱下手裡的焦糖蘋果，彷彿嘴裡的點心再甜也沒辦法彌補內心的苦惱。「即使沒有人那樣看待我，謹慎一點也沒有不好，我會更努力不再出任何差池——」

「現在艾蜜莉看起來快樂嗎？」傑明耐心地聽著、聽著，最後漫不經心的反問，打斷對方的道歉。「她有哪刻因為妳乖乖聽話而安心，不需要妳再三給她保證嗎？」

毫無懸念，剛剛堅定認為只要更服從便能令姊姊安心的露絲亞，欲言又止了幾次，最後悶悶不樂的抿抿嘴。

她埋頭苦思曾經有哪些例外，遺憾她真的盡力了。

「我也認同謹慎點沒有不好，艾蜜莉這種個性甚至拯救過我們幾個不少次。」還有翠西的果斷和東尼的衝勁，四人互補所長才得以在環境嚴苛的魔界存活下來。傑明深呼吸一下，從回憶中抽身，繼續開導露絲亞。「只是艾蜜莉的責任感實在太重，如果妳什麼都不說，她就會繼續把責任往自己身上扛，最終妳們都會被逼得喘不過氣。」

「對不起，所以我要怎麼做才能令姊姊安心？」露絲亞反覆琢磨傑明的話語，可惜仍然一頭無緒。

「不要老是繞著別人思考，妳自己的想法是什麼？」傑明抓抓一頭亂糟糟的橘髮，毅然站正身子。「我直接問好了——妳希望真的就這樣一輩子深居修道院？還是心底也希望看看別的世界？」

露絲亞一雙藍眸訝然圓瞪，彷彿那些至今以來不敢多想的，終於被翻找出來面對。

「我……想要好好活著，努力學習每一件事，努力活得快樂。」她猶疑了一會，不自覺把擱下的焦糖蘋果重新握緊，努力表達心中那種很迷糊的想法。「因為大家犧牲了很多我才會在這裡，如果我活得不好，我會對不起那些為我犧牲的人。」

傑明靦腆地抓抓臉頰，沒想到露絲亞的心底話令人挺難為情，這沒有什麼犧不犧牲啦……也沒什麼好道歉的。

反正這些不是重點，現在他總算知道露絲亞的想法了，接下來只剩解決方案。

「可是這種想法真的可以令姊姊安心嗎？」露絲亞顯然難以理解，大概她認為自己所想的與艾蜜莉背道而馳，於是藏起來什麼都不說。

「有時候稍微任性一點，反而才是別人的救贖。」傑明拍拍胸口保證，並伸出拳頭對著露絲亞。「總之放心交給我處理好了，這次換成我們來幫助艾蜜莉！」

露絲亞愣呆了好久，天藍色的眼睛一直眨巴眨巴，全然理解不了傑明的意思。

啊對了，她應該沒概念要怎麼做。

「這個時候要這樣——對，就是這樣。」

傑明反過來示意露絲亞伸出拳頭，然後自行和她擊拳。

「義不容辭！」

「這、什麼……」

「義不容辭！」

「義、義不容辭——」

「很好，明天就開始大作戰！」

「好、好啊——」

傑明在夕陽下振臂高呼，惹來不少途人側目。雖然很浮誇，然而他那張爽朗的笑臉莫名充滿感染力，呆呆和應的露絲亞忍不住一起笑了。

明明還沒有具體方法，可是傑明那種積極正面的氣質，不禁令人稍微期待明天的來臨。

第2章 彌留與新生

第2章 彌留與新生

黑夜猶如化不開的墨水，無聲無息淹沒著魔界。

滲進骨骼的寒風從磚牆破洞灌進城堡東翼，淒冷的走廊迴響著風的悲鳴。堆積在通道角落的雪粉隨氣流再次飄揚之際，一道身影乘風而至，是一名長有羽翼的灰髮少年。

「恭迎陛下回來。」

少年飛進破洞，雙腳才剛著地，早已在此恭候的角鴞便朝他行禮，少年的身份因此呼之欲出，他正是世世代代稱霸魔界的鴞族子孫——灰林鴞。

灰林鴞沒有回話，他手扶牆壁喘息，牆壁便從他掌心蔓延出裂紋，不久連地板也出現同樣情況。角鴞冷冷掃視傷痕累累的灰林鴞，眉頭不自覺緊皺起來。

「野馬族的糾紛，陛下成功擺平了嗎？」

「陽奉陰違，都殺光了。」

灰林鴞隨便敷衍一句，角鴞早已預料似的，暗暗嘆了口氣。

「縱使如此，野馬族仍有利用價值。」角鴞終究無法接受魔王如此橫蠻的手段，直接告知灰林鴞可能導致的局面。「他們一族負責封印魔獸奇美拉，一旦野馬族的餘黨打算報復，或是封印減弱導致奇美拉甦醒——」

話音未落，角鴞倏地噤聲。

打斷說話的不是灰林鴞，而是一聲低沉得令人耳痛的轟隆聲。

角鴞身旁一所房間，就這樣憑空消失。

寒風呼呼作響，看著忽然開揚的景觀，灰林鴞的表情閃過一絲懊惱，恐怕他根本沒有威嚇意圖，也不曾打算拆毀自己的家。

是體內未及馴服的力量失控所致。

角鴞額角隱隱作痛，想必灰林鴞再次不假思索、不聽勸告，貪婪地把所有力量奪取過來，現在他體內正處於萬馬奔騰狀態，所以才會看起來那麼疲憊不堪。

「奇美拉的話，我已經搞定了。」唯獨灰林鴞也沒有表現內疚或慌張，不癢不痛的繼續報告戰果，領地、力量、性命、甚至連職責全都被奪取，野馬族真的被殲滅得相當徹底。「好了，還有什麼事需要擺平？哪個魔族懷有異心？危及領土的魔獸在哪裡？角鴞，告訴我。」

明明勞累得連鳥爪也變不回手臂，灰林鴞急不及待追問下一個任務。灰瞳內一片混沌，角鴞全然看不出他的靈魂所在，無法想像是什麼支配著這個軀殼繼續行動。

「陛下不久才殲滅魔獸，在下認為目前應該稍作休息。」

「不用擔心，只要強大得足以把所有敵人粉碎就可以了吧？」

角鴞無言以對，他不能說灰林鴞概念錯誤，唯獨若說這是灰林鴞的魔王信條——

不如說這只是自我催眠的藉口罷了。

「三小時後鷹鴞小隊回來換班，屆時才有邊境的最新情報。」

「三小時嗎……我明白了。」

角鴞換過另一套說法，灰林鴞總算接納，不再死纏。消失的房間外恰好看得見西翼一隅，灰林鴞索性直接從這邊縱身躍下，徐徐飛往通往西翼的走廊。

沿途的城堡景致，滿目瘡痍，冷冷清清。

事隔一年，東翼依舊維持被赤狐族和勇者團攻擊後的模樣，破破爛爛的門窗、人去樓空的住房、堆積如山的瓦礫，整座城堡凋零落泊，卻非常頑固似的屹立在無止盡的黑夜裡。

從前一直比較荒涼的西翼，現在看來反而更完整。

灰林鴞拖著踉踉蹌蹌的步伐來到庭園，放眼展望便見照夜正在除雪，瘦小的身軀揮動著大大的雪鏟，未幾便停下來稍微作息。

目睹這幕，深灰的眼瞳不自覺柔和起來。

彷彿只要灰林鴞多待一下，就會看見一抹嬌滴滴的身影蹦蹦跳跳地出現，繞在照夜身旁喋喋不休。

然後，那抹身影會驀然發現站在走廊的灰林鴞，天藍色的圓大眼睛便會立即瞇成一線，甜甜地笑著。她會歡天喜地跑過來，金色的長髮在茫茫白雪中流麗飄逸。

最後，她會撲入他的懷抱。

熟悉的微溫沒有跟隨記憶一同浮現，簷上的積雪掉落腳邊，壓碎了幸福的映像，庭園中依舊只有一名恭敬行禮的女僕。

灰林鴞急忙收起那絲不經意流露的情感，無視照夜，直接走進西翼。

照夜目送灰林鴞離開，欲要繼續打掃，未料手執雪鏟才發現整個庭園的積雪一瞬間蒸發不見了。她錯愕半晌，縱使灰林鴞的身影早已消失於大門後，照夜仍默默朝大樓欠身致謝。

「已經誰也不會用到這個庭園，為什麼還在打掃？」

今夜西翼的客人不只一位。

角鴞直接踏進庭園，看到照夜仍然保持那份勤勤勉勉的工作態度，反而有點不明所以。

「陛下偶然會到此散步。」

「是嗎……」角鴞來到照夜身旁，一同抬望西翼大樓，向來沉穩淡漠的黃金色眼眸變得若有所思。「我實在不明白陛下為何因一個人類，逼迫自己走到這種地步。」

照夜雖聽見他的喃喃自語，卻只默默遞上手帕，角鴞這才注意到自己的手背泛起一道血痕，大概是剛剛被碎片之類的東西割傷吧。

「角鴞閣下，小的有個請求。」待角鴞接過手帕，照夜驀然鼓起勇氣開腔。

「妳也想離開這裡嗎？」角鴞瞄了她一眼，那抹堅定的神情令她不需多言，角鴞也能看出她的意圖。

「小的希望到人間一趟。」

聽罷，角鴞愣了一愣，沒想到照夜同樣如此掛心那個人類。

「……悉隨尊便，反正我已經管不動了。」

如願獲得批准，照夜放下雪鏟，向角鴞深深鞠躬後，便立即振翅高飛，彷彿急不及待展開旅程。

角鴞站在原地目送這名盡忠職守的女僕，這段日子以來灰林鴞遣散了大部份家僕，如今連照夜也請辭，想必城堡會更冷清。

不過，前往人間是嗎……

心念一轉，角鴞具現出一條羽毛，悄悄融入在照夜的影子裡。

烏雲散開，柔和的月光得以灑落雪林，照夜飛進天空前，與西翼某個窗戶擦身而過，烏黑的鳥瞳頃刻洋溢著眷戀。那是一所打理得一塵不染的寢室，彷彿隨時等待主人歸來，供其使用。

與此同時，灰林鴞亦正正站在這所寢室的門外，猶豫了好久也不曾伸手將門推開。最後，他轉身，走向了隔壁的房間，不卸下裝備，也不清理一下身上的血跡和傷痕，隨便找個位置坐下，呆望與隔壁寐室相連的那堵牆。

沉寂中，好像聽見了某位少女在隔壁嬉戲哼歌的聲音。

隔著牆壁，那位少女猶如仍在這裡生活著。

隔著一堵不再打開的門，灰林鴞便有空間寄託幻想，幻想那個早已天各一方的人仍在自己身旁。

魔王大人今天工作辛苦嗎——腦海中響起了她充滿傻氣的慰問，灰林鴞不禁淺笑。

「嗯，今天我也很努力啊。」他喃喃回答，緩緩閉上眼睛。「我會繼續遵守承諾，把可能傷害妳的事物全部摧毀。」

而妳呢？

過得幸福嗎？

沉重的倦意終於在繃緊的思緒中找到缺口，今夜灰林鴞依然做著幸福得醒來便會痛哭的美夢。

他會夢見小時候在庭園堆雪人的快樂時光，也夢見學習與訓練不如理想的苦惱日子，然而那些歲月總是有個女孩相伴在旁，溫柔地接納他的一切優缺，直到迎來不得不分離的那天——

※　※　※

又是風和日麗的一天，晴空下的大街，傑明、東尼和露絲亞三人聚在一起，神情相當嚴肅認真，彷彿正要展開什麼冒險。

傑明對另外二人再三確定：「你們清楚知道今天的行動目的了沒？」

露絲亞用力點頭回答：「為了令姊姊安心！」

「很好，那麼最快捷的方法是什麼？」

傑明續問，剛才信心滿滿的露絲亞，現在一下子被問倒了。

「找、工、作！」於是，換成東尼胸有成竹搶答。「就如我們經常嘲笑傑明一樣，只要他找到工作好好養活自己，大家便不用擔心他餓死街頭！」

具體鮮明的例子，在場三人靜默了片刻。

「沒錯！想要了解不同的生活方式、見識不同的人，擺脫過去，展開新生活，最終獲取艾蜜莉的認同，工作就是最簡單的途徑！」徹底無視自己是最佳例子，傑明繼續振振有詞說明。「所以今天我們的行動是——求職大作戰！沒有問題的話，我們就——」

他正要宣佈行動開始，露絲亞急不及待直直舉手。

「這個大作戰真的必須瞞著姊姊來進行嗎？」

「這當然！」

「為了省免大量時間。」

幾乎是立即，傑明和東尼異口同聲回答。

「還記得那晚我們採購完畢回去後發生了什麼？妳認為她會同意這個計劃嗎？」傑明用力按著露絲亞肩膀，語重心長的勸導。「再說這次妳的伙伴不只我們，還有那些孩子們，不要令他們的犧牲白費啊！」

那晚傑明和露絲亞回到孤兒院，迎接的是怒氣沖沖的艾蜜莉。明明沒做錯事，他倆卻被反覆說教和質問幾個小時，最後還差點錯過了晚飯時間。

因此傑明確定了——如果要艾蜜莉同意露絲亞外出打工，絕對是先發制人比較快。

院裡的孩子有些早已見識過露絲亞的處境，傑明只是稍微提出作戰方案便紛紛說要幫忙，當然也有部份純粹覺得好玩。現在那些孩子們，應該正努力鑽研經文，事無大小都搬出來與艾蜜莉討論一番吧？而艾蜜莉想必也深感安慰全力傳教，不然露絲亞也不可能再次順利偷偷溜出來。

現在只見露絲亞唯唯諾諾移開視線，看來她理解狀況了，只是沒辦法一下子丟掉歉意。

「既然沒有問題，那換我問妳了。」傑明趕緊拉回正題，畢竟接下來要辦的事可多了。「有沒有什麼想要試試看的？」

「什麼樣工作都沒差？」露絲亞細想一下，努力提供建議。「對了，如果是一般家事還有抄寫，我頗擅長的……你怎麼嘆氣了？」

「如果盡是些修道院和孤兒院都能做的工作，那就沒意義了啊。」而且說服力也不夠，絕對會被艾蜜莉強拉回去。

「我早知道會這樣，跟我來吧。」東尼一臉洞悉一切的姿態，朝二人揚揚手。「今早你們還沒抵達之前，我已經預先找到相熟的店家幫忙，而且相當適合露絲亞！」

「認識你那麼多年，這次最可靠了東尼！」

「畢竟認識你那麼多年，就知道你不可靠嘛！」

他事不宜遲般領著二人出發，不久便來到一間相當夢幻的花茶室。這裡全是穿得像花仙子的年輕女店員，動作優雅俐落，笑容也無懈可擊。她們在花瓣上寫下客人的點餐，隨手一揚，花瓣便幻化成蝴蝶，細細碎碎的朝廚房飛去。

夢幻如仙境的茶室，傑明與露絲亞先是看呆了，然後一同向東尼投以好奇目光。

「別、別想歪了，因為我家供應麵包給她們，生意往來所以相熟而已！」明明沒問什麼，東尼卻面紅耳赤嚴正其詞。

「東尼大哥，你們來了嗎？」就在此時，一名店長姊姊滿臉笑容走來打招呼。「東尼大哥他常常來光顧啊，今天很榮幸敝店可以幫上老顧客的忙！」

老顧客。

傑明瞬間望向東尼，東尼瞬間撇過臉去。

「妳就是露絲亞？天啊，好可愛的妹妹！」

「店裡的各位才可愛得像精靈，而且裙襬層層疊疊像花朵一樣！」

「這是我們的制服，既然是工作體驗的話，妳也來穿穿看？」

「咦、可以嗎？」

「制服也是工作的一環，如果有興趣就試試看吧？」

店長姊姊熱情地拉著露絲亞走進職員休息室，留下兩個大男生在店外，看著漂亮的店員們和客人閒談，笑聲如銀鈴清脆。

「別裝了，誠實面對自己的心吧勇者！」東尼突然二話不說，將傑明猛拖下水。「難得我們勇者團有個可愛妹妹，你不想看看她更可愛的一面嗎！」

「等等，我從頭到尾都沒講過半句話啊！」就自己心虛然後先聲奪人！

雖然這的確是東尼趁機滿足一己私慾沒錯啦，不過露絲亞平日打扮樸素得不太符合她的年紀，這點也是真的……想起來，露絲亞好像也有那麼一次，打扮得很華麗？

傑明默想了片刻，對了，是在魔界的時候——當時露絲亞身披一襲純白紗裙，恍如一尊人偶靜靜躺在祭壇上。

後來回到人間，找到衣物替換後，那條白裙好像被艾蜜莉燒掉了。

「傑明先生，東尼先生，你們快看看！」片刻過後，露絲亞身穿粉色裙子登場，她雀躍的走到兩個大男孩面前。「這裙子輕飄飄的好有趣——」

她原地轉了個圈，裙襬飄飄的令她感到非常新奇，笑得樂不可支。她站立在淡淡的茶香之中，後方是綠意盎然的裝潢和紛飛的點餐蝴蝶，傑明一瞬間陷入了自我懷疑。

該不會、他真的救了哪個精靈公主回來？

「嗚、好想也讓艾蜜莉看看！」東尼彷彿看到自家妹妹長大成人般，老懷安慰地啜泣起來。「好想她知道根本沒有人會傷害那麼可愛的女生！」

「可惜要暫時保密吧？」露絲亞苦笑，反過來安慰東尼。

驀然，藍眸迎上茶瞳，露絲亞見傑明發呆了，於是有點不解地歪頭。

「傑明先生？」

「嗯、呃、那就抓緊時間好好體驗吧！」

「好——」

露絲亞笑瞇瞇一口答應，卻沒有立即跑回店長姊姊身邊，怎麼了嗎？她猶疑了一下，終於鼓起勇氣朝傑明伸出拳頭。

這、啊、是要擊拳對吧？傑明恍然伸拳輕敲下去。

待露絲亞心滿意足地跑開了，傑明不自覺捂住了臉。

東尼看到同伴比自己還要動搖，總算淡定下來，放肆嘲弄。

「看來殺傷力好驚人啊？」

「要你管！」

傑明看著不遠處正在學習泡茶的露絲亞，除了她的金髮和藍眼，基本上已和最初遇見的模樣重疊不起來。雖然同樣打扮精緻，不過現在的露絲亞有朝氣多了，也會和別人有說有笑。

要是她真的能夠找到想抵達的未來就好。

所謂求職大作戰可不只有花茶室，接下來傑明和東尼一整天拉著露絲亞在小鎮裡東奔西跑，由神秘古舊的手工書店，至一絲不苟的蕾絲紡織場，所有露絲亞感興趣的、沒想像過的、甚至不擅長的統統都體驗一遍。

出乎意料的是，露絲亞大部份都做得不錯。

「最初我也只是純粹賣個人情……」

「沒想到她那麼快掌握到竅門！」

「先來兼職也無妨，請務必好好考慮？」

無論是店長或老闆都給予頗正面評價，走馬看花到後來，三人都有點忘記初衷了，就在最後一間陶瓷店，三人甚至比賽看誰的押花能得到店主婆婆的讚賞。

「可是陶瓷啊，要燒製至少十五小時才完成啊？」

結果他們把陶瓷送進烤爐後，店主婆婆才記起所需時間。

「這也太久了——」不對，現在是什麼時候？傑明猛然回神看看時鐘，原來已經這麼晚了嗎！「露絲亞，我們要走了！」

「我們這裡也有好些血祭的後代和倖存者，和妳一樣承受過很多痛苦。」店主婆婆臨別依依的叮嚀，握住露絲亞的手，力度溫柔而厚重。「大家聽說妳來工作體驗都想幫妳一把，假如喜歡這裡就來工作吧。」

「謝謝老婆婆！」露絲亞原本打算再和對方寒暄幾句，唯獨同伴在門外心急如焚，只好匆匆道謝。

三人再次回到大街，與早上的景色截然不同，肉販前站著不少剛狩獵回來的獵人、有剛抵達城鎮準備留宿的載貨馬車，也有剛下班與同僚消遣的人。

三人在熙來攘往的街道上急步行走，這次行動比想像中還花時間，孤兒院那些小不點大概撐不住了吧？何況他連續偷偷帶露絲亞外出——

想及此，傑明忍不住在人潮中奔跑起來。

「這次艾蜜莉可不是說教那麼簡單了啊！」

「那、工作的事？」

「不用急著決定，回去慢慢考慮也可以！」

「對不起，折騰了你們大半天！」露絲亞有點吃力的追在後頭，連講話也要稍微叫嚷。「其實不論什麼工作我都會努力去做——」

「那就沒意義了！」跑在前方的傑明，沒等她說完便頭也不回大聲吶喊。「即使最後妳認為深居修道院也很好，那也該是了解這世界過後才作的決定，妳明白那個差異嗎？」

要艾蜜莉安心什麼的，先放到一旁。

如果只是隨便選一份工作，這做法當然一勞永逸，然而對露絲亞而言，這只是把艾蜜莉換掉，走到另一條被安排的道路而已，那樣的話根本沒有任何改變。

重點是「選擇」這個過程。

這也是今天傑明勞師動眾的主要原因，他希望露絲亞能親身感受，從而對自己或是對他人有所改觀。

不過，那些大道理也先放在一旁。

「最重要的是，機會難得，不盡情見識一下這個世界實在太浪費了！」傑明仰望天空放聲疾呼，他渴望成為浪跡天涯的吟遊詩人，也是這個原因。

「雖然你講得很帥氣——」東尼原本並排而跑，只見他回望了幾次，驀然消失於傑明眼梢。「可是露絲亞摔倒了！」

咦——

傑明急忙剎停回首，便見露絲亞在一攤泥濘上摔得四腳朝天，誇張得連旁邊的路人也忍不住側目。

「有滲進眼睛嗎？痛不痛？」傑明拉著露絲亞站好，手忙腳亂地替她抹走污泥和黏在眼簾的髮絲。「有沒有哪裡受傷了？」

「哈哈哈——」露絲亞總算可以睜開眼睛來，明明狼狽極了，沒想到她反而笑得開懷。「原來也存在這樣的事呢！」

二人呆望髮絲仍滴著水珠的露絲亞，她也帶著純真爛漫的目光回望二人，似乎有點不明白為什麼他們笑不出來。

傑明認命地嘆了口氣，東尼懊惱地抓抓頭，來不及趕回孤兒院就算了，至少也要把人家的妹妹完好無缺帶回去。

可是，這兩件事恐怕都辦不到了。

「現在要怎麼辦？」

「事到如今也只有一個地方可以去吧——」

※　※　※

夕陽抹在靛藍色的天空一隅，喧囂的小鎮回歸平靜。

街道只剩下三三兩兩的途人，橘黃色的燈光從烘焙屋的櫥窗滲出，灑落在冷清的街景，更顯得屋內一室溫暖。

傑明現在手執掃帚，卻沒有很專注幫忙。他站在店面，一雙茶目不時朝廚房張望，只見露絲亞已經替換好衣服，此刻還多穿了一襲圍裙。

她站在料理台前，年邁的麵包師傅正在手把手教她裝飾麵包，不時說說笑笑的，氣氛相當溫馨。

剎那間，似曾相識的畫面閃過傑明腦海。

「我看老爸挺樂在其中吧？」東尼雙手分別扛著兩疊鐵製托盤，望進廚房的表情相當感觸。「他教姊姊的時候也是一臉慈父，對我可不一樣了。」

那段日子有點久遠了，傑明差點想不起來。

小時候東尼常常拉著傑明來烘焙屋，把後院和貨倉當成秘密基地玩鬧。那時候東尼的姊姊就如現在的露絲亞一樣，常常手握擠花袋或是搓麵團，在廚房忙得不可開交——

直至東尼的姊姊死於血祭。

「傑明先生，東尼先生，麵包出爐了！」

露絲亞捧著一盤剛裝飾好的麵包，興致勃勃的跑過來，她的馬尾隨著小碎步而晃動，整個人看起來就像是一隻叨著麵包的狗狗。看到她那副心滿意足的模樣，兩個大男孩內心的疙瘩被稍微撫平，不自覺嘴角上揚。

唯獨二人看清麵包的造型時，感觸的笑容瞬間變成大爆笑。

「等等、這是小狗還是小豬？」

「這是麻雀，我覺得頗可愛的啊？」

「而且可以活剝生吞很紓壓——」

「首先咬爆它的頭，再來是扭斷它手腳——」

接著兩個大男孩就臉目猙獰的狠狠撕開了麵包，超無聊的惡趣味害露絲亞愣在原地不知該不該賠笑時，東尼的媽媽從閣樓的樓梯下來了。

「哎唷，你們多大了，怎麼還在玩食物？」東尼媽媽碎碎念了一句，接著趕緊把露絲亞手裡的托盤丟給東尼，然後揚開懷中的舊裙子。「這條裙子從前安妮常常穿，我剛修補了一下，妳不嫌棄的話來試穿看看？」

「才不會嫌棄，可是借我一條就夠了。」

「沒關係，反正原本也只能放著而已——」

最初因為不忍也不敢讓露絲亞可憐兮兮的回去，於是傑明提出到東尼家的烘焙屋。想說東尼的身高跟女孩子差不多，大概可以找到幾件合身的衣服給露絲亞替換，沒想到東尼媽媽仍珍藏著逝世女兒的衣服。

「不得不承認年紀大，想要做些吸引孩子的新款式，都已經沒那種童真了。」熱情的可不只有一人，連東尼爸爸也忍不住湊過來搭話。「這款小鳥麵包我打算明天試賣，露絲亞明天妳能過來幫忙嗎？」

「真的可以嗎——」一反客客氣氣的態度，露絲亞竟然沒有立即婉拒，唯獨半晌後又收回雀躍的表情。「可是、我還是要先得到姊姊同意才行……」

「等等——妳這是確定了嗎？今早的花茶室也很不錯吧？」東尼陪著她東奔西跑大半天，結果完全出乎意料。「雖然這是我家，但如果妳不喜歡，不用顧慮直接拒絕也可以？」

「怎麼說啊……在焗爐前做點什麼給大家吃，總覺得有種不可思議的親切感？」露絲亞不僅沒有退縮，還很認真細數選擇烘焙屋的原因。「對了，還有把麵團搓揉成不同形狀，這感覺很有趣！」

天藍色的眼睛宛如晴空，傑明整天觀察下來，露絲亞雖然總是笑瞇瞇的，不過這刻的神情稍微有所不同——

是一抹彷彿下定了決心，真摯的笑容。

最初傑明有點擔心，露絲亞會不會也只是不好拒絕而應酬他，呼……太好了，現在看來並非如此。

「接下來就要想辦法說服艾蜜莉了吧……」傑明一頭無緒地抓抓橘髮，恐怕這才是最終難關。

不選花茶室的確挺遺憾啦，只是東尼家的烘焙屋，艾蜜莉應該安心一點，也容易接受一點，具體方案的話，待會回到孤兒院和翠西交換情報才想——

叮咚咚！

突然店門被推開，力度大得門鈴猛烈作響。

傑明朝門口望去，唔、似乎沒辦法慢慢來了。

來者正是艾蜜莉，平日總是著重禮儀先向長輩打招呼，現在她直直朝露絲亞走去，看來真的非常火大，縱使翠西跟在後頭也只能無可奈何地擺擺手示意沒轍。

「艾蜜莉，妳先聽我說——」

啪！

傑明沒來及說些什麼，艾蜜莉已狠狠推開他，二話不說摑了露絲亞一巴掌，眾人合力將兩姊妹拉開亦為時已晚。

「聽說妳在廣場惹起騷動，是真的嗎？」

「那是因為——」

「是真的嗎？」

「……對。」

露絲亞捂住紅腫的臉頰，流淚的卻是艾蜜莉。

「姊姊給妳的經文有好好抄寫嗎？教義有好好記住了嗎？」艾蜜莉見妹妹誠實搖頭，淚水更洶湧了，翠綠的眼眸內盡是不解與失望。「有跟妳說過的吧？大家都痛恨血祭、痛恨魔界，而妳正正又是那種身份，萬一鬧出什麼事可完蛋了！我那麼努力維持妳的好印象——結果妳連普通的修養都沒做到便跑出去玩嗎！」

起初艾蜜莉仍然有稍微抑壓怒火，質問到最後她已經變得歇斯底里。

露絲亞看著怒不可遏的姊姊，半晌過後眼簾靜悄悄半垂下來。

原本充滿期盼的天藍色眼眸，如今黯然失色。

她屈服了。

「對不起，我這就回去……」

「可是——那不是露絲亞的錯？」傑明索然擋在露絲亞身前，現在說放棄還太早了。「被拐、被留活、還是被殺，她在那裡遭遇過什麼，都不是她能選擇的吧？妳這麼說不就像在責怪她一樣嗎？」

「她曾經跟魔物混在一起是個鐵一般的事實——是那些奪走大家摯愛的怪物啊！」艾蜜莉也理直氣壯的提醒同是受害者的眾人，聲音沙啞地低吼。「我當然不想露絲亞受到傷害，可是更不希望因為我妹妹的存在而勾起大家的陰影——」

「可是妳所擔心的事，完全沒有發生啊？」

東尼不耐煩地插話，艾蜜莉登時語塞，綠眸含著淚水也滿載了訝然。

「偷偷帶露絲亞外出的確是我們不對——可是整天下來根本沒誰那樣看待妳妹妹，或是因此拒絕了她？」聽了大半天，東尼仍然不太理解她說的是什麼回事。「妳看，我媽還特地送她我姊的裙子耶？我可是很久沒看到我爸媽那麼高興了。」

話畢，艾蜜莉才恍然察覺妹妹換了衣服。

不僅如此，她還終於看到東尼那對年邁的父母正站在角落相牽相擁，卻並非恐懼露絲亞，他們擔心不已的目光，由始至終都在艾蜜莉身上。

她這下總算稍微冷靜下來，不再大呼小叫。

「對不起，那天都怪我只急於解決領主的留難，忽略了妳的心情。」此時，翠西的道歉也終於成功傳進艾蜜莉耳內。「我以為更可怕的情況我們都撐過了，卻沒為意每人恐懼的事物都不同，害妳一個人承受了那麼多，真的很對不起。」

惶恐、失而復得的喜悅、疼愛妹妹與痛恨魔界的矛盾，千絲萬縷糾纏在一起的情緒彷彿一瞬間獲得理解，艾蜜莉伏在翠西肩上，飲泣不止。

看到同伴願意卸下心防，傑明暗暗鬆了口氣，同時也默默感到難過。

這天傑明帶著露絲亞到處跑，要說完全不擔憂絕對是騙人。

會不會艾蜜莉所想的才是現實，人們會充滿敵意，把一切不幸遷怒到露絲亞頭上？唯獨當他看到每個接觸露絲亞的人，絕大多如東尼父母一樣，掛上充滿慈愛又感觸的笑容時，傑明便恍然理解了。

血祭的陰霾下，大家只渴望簡簡單單，好好活下去而已。

比起把總是笑臉迎人的露絲亞看待成冷酷無情的魔物，她更像是大伙兒在血祭中失去的家人，奇蹟般從魔物手裡拯救回來一樣。或許當中有人不忿、有人質疑，然而與露絲亞相處過後，更多的是彌補了他們內心深處的某塊缺失。

成功消滅了魔王，大家從此安心生活。

然而心靈的創傷又需要多久才能夠復元？

看著滿臉淚痕的艾蜜莉，還有手握遺物的東尼媽媽，傑明實在找不出答案——

而在找到答案之前，唯一能夠做到的就只有活在當下而已。

「這裡沒有人會傷害露絲亞——應該說，已經沒人會傷害我們。」傑明主動拉著艾蜜莉到露絲亞面前，再三保證。「總之放心好了，什麼鬼『魔物養大的孩子』，如果真的有混蛋這樣對待露絲亞，我第一個跳出來揍飛他！」

唯獨妹妹希望擁有什麼樣的生活，就是艾蜜莉必須面對的課題。儘量顧及其他人感受，這份心情沒有錯，然而總不可能因此無視妹妹的意願，也總不可能緊緊黏著對方一輩子。

不過傑明沒資格講什麼大道理就是了，畢竟這對姊妹目前的困境，不多不少也是因堤蓓的考驗而起，他能插手的也只到這裡為止。

「或許我真的太嚴苛管太多，可是我真的很害怕……妳真的準備好接觸這個世界了嗎？」艾蜜莉內疚地撫著露絲亞紅腫的臉頰，又緊張得緊握胸前的念珠掛飾，把內心深處的不安全部傾吐出來。「即使不如想像般幸福？甚至可能遇到難堪的事？妳不會怪責那些謾罵妳的人嗎？」

露絲亞不自覺望向傑明，藍眸帶點不安。

傑明反而微笑點頭鼓勵，畢竟他早已說過，露絲亞也應該記住了吧——

「我很喜歡姊姊——所以我想了解多點這個世界，想和大家一起生活看看。」露絲亞伸手將姊姊緊握的拳頭包裹起來，彷彿努力用掌心的微溫來令姊姊安心。「要是腦袋空白的我，有天也可以告訴姊姊遇見到哪些美好的事和幸福的事，和姊姊一起歡笑就好了。」

有時候稍微任性一點，反而才是別人的救贖。

「前往魔界尋找妳的這趟旅程實在太艱苦了，我只想和妳一起在修道院，在神的庇護下，平平靜靜安度餘生。」艾蜜莉的綠眸再次被淚水擦拭得亮晶晶的——唯獨這次臉帶微笑。「不過既然有人願意接納千瘡百孔的我們，我也會好好尊重妳的決定，妳不要令大家失望。」

呼……不僅是傑明，在場的眾人也暗暗捏一把汗，感覺差一點就要搞砸，艾蜜莉奇蹟妥協實在太好了。

露絲亞同樣喜出望外，趁機詢問：「那麼，明天我可以來這裡上班嗎？」

「要是東尼他不介意的話……啊，你們怎麼已經在吃了？」

令人動容的場面忽然煙消雲散，東尼還算有羞恥心，眼見事跡敗露了，口咬著麵包猶疑要不要吞，傑明則是表情相當無辜，卻一口接一口沒停過。

「就、肚子餓了嘛？」

「活在當下啦，活在當下！」

「你們就不會看看氣氛嗎混蛋！」

翠西忍不住上前揍他們兩下，剛剛敞開心扉，仍然一把眼淚的兩姊妹立即破涕為笑。

眼見年青人難得聚首一堂，東尼媽媽熱情地提議：「大家留下來吃晚飯吧，大伙兒也好久沒有聚聚。」

「東尼家的燉肉最棒啦！」

「既然有燉肉怎可能沒有酒？」

「這次究竟誰做跑腿——」

彷彿是勇者團多年以來的默契，大伙兒二話不說直接猜拳，繞成一圈的剪刀中只有一人出布，是傑明輸了。

「你們算好的嗎，怎麼又是我！」

「拯救世界的勇者充當跑腿，好親民！」

「時候不早，快去快回囉——」

伙伴們笑成一團揮手道別，傑明嘴裡抗議幾句，終究老實推門出發。

「唔——還真是難以理解啊？」果不其然，傑明獨自走在燈火闌珊的街道，堤蓓便靜悄悄出現在他身旁，陪他一起散步似的。「為什麼他們幾個明擺著佔你便宜，你還是一臉歡天喜地的樣子？」

「我也說不清耶……大概是那個無憂無慮的笑容很難得吧？」傑明自然而然和她說話，唯獨有時候說到一半她又消失不見這點，始終沒辦法習慣。「倒是妳，偶然也和大家聚聚吧？又不是不認識。」

「要是我真的這麼做，絕對會忍不住吐槽你。」

「唔、那還是算了……」翠西、艾蜜莉再加上堤蓓，好像不費吹灰之力便能想像到那個畫面，傑明鐵定被嘮叨到懷疑人生！

「像是剛才那句，要是有誰看不起露絲亞便揍飛誰，說得很帥氣嘛？」正以為堤蓓打算揶揄他，沒想到話鋒一轉，問題倏地尖銳。「那麼——如果反過來是露絲亞傷害我們呢？」

為什麼還在執著這個，露絲亞不是已經通過考驗了嗎——

「堤蓓，老實告訴我。」傑明不自覺停下步伐，一臉凝重望向堤蓓。「妳在謁見室的時候異常配合，該不會也是想考驗露絲亞？」

露絲亞當時不痛不癢通過考驗，相安無事地生活，直至今天。

同樣直至今天，傑明才發現當中的不對勁。

「那我就老實說了——我連你殺的是不是魔王也在懷疑。」堤蓓不否認也不承認，她飄浮起來，與傑明視線齊平。「以最終一戰而言，那種解決速度實在太空虛了，難道你沒有這種感覺嗎？」

的確順利得過份。

尤其是最後一擊，魔王居然不閃不躲，標靶般給傑明橫砍直劈。為什麼當時大伙兒並沒感到不妥？傑明現在回想，大概是因為討伐魔王的漫長旅途中，日積月累了太多疲憊與壓力吧？

於是，在那美輪美奐的空中花園裡，砍殺掉魔王，拯救出少女，夢幻得恍如童話故事最終回的情景，大伙兒一起被渴望以久的勝利沖昏了頭。

當時的百密一疏，換來此刻的細思極恐。

「原本這些事應該用不著擔心，畢竟你說過要不問世事，做個浪跡天涯的吟遊詩人？」太多的漏洞與疑點，恐怕連堤蓓也沒辦法逐一堵上，又正正因為太多東西解釋不來，才更覺詭異。「可是你回來了，我就義務給你溫馨提示吧？或許她有著連她自己也不知道的秘密，我們該小心謹慎。」

堤蓓丟下忠告便回到劍裡，只剩傑明獨自一人繼續當跑腿，他彷彿有著千言萬語的反駁與假設沒法吐出，哽得喉嚨在發疼。

一來一回，烘焙屋內仍舊氣氛歡愉，可惜他的大好心情已經被滿腹心事壓垮。

「傑明先生，辛苦了！」打開門迎接的不是誰，恰好正是露絲亞。「怎麼站在門外不進來……是東西太多了嗎？」

她以為傑明騰不出手推門，連忙接過幾瓶酒，只是似乎沒料到瓶子頗重的，結果搞得自己有點狼狽。

「露絲亞——」傑明毅然叫住了她，唯獨她轉身過來等待了好一會，傑明才鼓起勇氣試探問。「魔界的事，妳真的都想不起來嗎？」

問罷，露絲亞抱著酒瓶，垂首沉思。她束成馬尾的金髮有一縷掛在頸上，溜進衣領，彷彿引導著傑明的視線，回憶劍刃曾經在她胸膛揮劃的情景。

「我有印象……手臂曾經斷了三節？」露絲亞話畢，不禁舉起如今完好無缺的手臂細看，連她自己也甚是懷疑。「可是什麼原因、在哪裡發生，我都記不起來了，對不起。」

「沒關係，我也只是忽然好奇而已。」直到對方驀然開腔，傑明才恍然意識到自己目光遊走在非常失禮的位置，連忙移開視線，唯獨這下換成露絲亞目不轉睛。「怎、怎麼了嗎？」

「沒什麼……只是在想向你道謝而已。」還好她並沒有發現傑明的失態，不然現在大概不是想道謝，而是想揍人。

「如果真的想感謝我，有個更好的方法啊？」傑明心虛地扯開話題，換成別的女生，大概會和他有一句沒一句地調情，或是假裝沒聽懂的逃開，又或是嬌羞期待他說下去。

可是，露絲亞呢？

她一雙藍眸眨巴眨巴，認真的等待他續說，那純真的眼神傑明簡直不忍直視。

好糗，他怎麼會重複犯上這種錯誤？

「就是不要先生、先生這樣稱呼我，太見外了。」傑明也不再故弄玄虛，雖然這只是在收拾自己的爛攤子而已，根本用不著感謝，但既然湊巧有這個契機，他也順水推舟好了。

「那麼——謝謝傑明！」露絲亞馬上配合，並笑著朝他伸出拳頭。「好期待明天，希望會順順利利適應烘焙屋的工作！」

如果露絲亞真的是個陷阱，這陷阱會不會埋伏太久了？何況她跟艾蜜莉一起住在修道院，要是有什麼異樣，被神聖力量包圍之下早就暴露了吧？

堤蓓認為要小心謹慎，這沒什麼不對。

看著那抹充滿期盼的甜笑，傑明不願費神糾結下去，緩緩舉起手，少年粗寬的指骨輕輕抵在少女的粉拳。

面對尚未有答案的問題，還有無法想像的未來，唯一能做的，也許只有活在當下而已。

假如真的有那天，他再來和這個女孩一起面對吧。

第3章 祝福與荼蘼

第3章 祝福與荼蘼

晨曦的曙光，穿過樹葉照耀著修道院的小花園。

葉片的細碎剪影映在圍牆上，翠綠的攀藤植物垂掛在灰色的石磚牆，石塊地板亦有些小野草長在狹縫之間，這裡除了修剪得一絲不苟的矮叢和草地，角落也劃分了小小的田園區，栽種著一顆顆橘黃與嫩紅的聖女果。

這個簡潔純樸的小花園裡，一名少女正站在其中，束成馬尾的金髮被日光照得微微發亮。她嘴裡哼著歌，手執澆水壺隨手一揚，圓潤的果實便沾上點點水珠。

圍牆上早已有好幾隻鴿子佇足，忽然有隻麻雀降落，小小的身影惹來少女注意，天藍色的眼睛愜意地瞇成一線。

「啊哈哈——被發現了呢？」她對鳥兒們愉快地打招呼，接著從束口袋裡掏出一撮麵包屑，未及撒開，鳥兒們已毫不客氣，群起飛到她掌心啄食。「你們好聰明，今天沒到烘焙屋工作，還是找到我了。」

「露絲亞，原來妳在這裡啊？」

聽見後方有人呼喚自己，露絲亞回望，便見另一名身穿聖職者正裝的金髮少女，站在不遠的走廊朝她招手。

「姊姊早安，今天打扮得很漂亮呢！」露絲亞隨手把麵包屑撒到地上，蹦蹦跳跳跑到艾蜜莉身邊，賣力稱讚。「今天是血祭的悼念日吧？聖職者們要籌備的事可多了，姊姊怎麼這個時間有空來找我？還以為會晚一點才碰面。」

「因為我知道妳只會束馬尾。」艾蜜莉溫柔地順了順妹妹的長髮，沒好氣地搖頭。「待會教堂舉行大型追悼會，這個重要日子要好好整理自己才不失禮。」

說罷，她拉著露絲亞到石壆坐下，解開馬尾，著手梳成一個更端莊的盤髮。

「終於可以和妳一起為死者祈禱了……從前總覺得這天很遙遠，現在也彷彿做夢一樣。」梳著、梳著，艾蜜莉忽然回想起往事，不禁感慨起來。「原本往年可以參與，可惜那時候我們尚未回到小鎮。」

現在姊姊的表情變成怎樣？露絲亞背對著艾蜜莉，長髮也被抓住不敢亂動，縱使沒辦法看到對方的臉龐，她亦能聽見姊姊的語氣有些哽咽。

「對了，爸爸媽媽是怎樣的人？」露絲亞想了想，雖然人不在，不過除了空虛，應該也有些愉快的事才對？「是不是都像東尼一家那麼和藹可親？」

「我們跟爸爸一樣都是金色頭髮，不過妳的眼睛像他，我的眼睛則像媽媽。」憶及故人，艾蜜莉不自覺掛上一抹懷念的微笑，重拾心情編出麻花辮。「爸爸是個遠近馳名的雕刻工，手藝非常好呢！媽媽的刺繡可厲害了，什麼圖案都難不到她。」

「原來是這樣啊……有點想看呢。」露絲亞不自覺低頭看看自己雙手，她只感自己手笨，太精緻的東西都做不出來，就只會揉麵團。

「沒有了。」

話鋒一轉，艾蜜莉亦剛好把髮辮綁好，力度大得令露絲亞有點疼痛。

「血祭把我們的家毀於一旦，最可恨的是我們永遠都不知道那些魔物究竟有何目的。」艾蜜莉笑容驟然消失，悶悶不樂地把玩銀鐲。「爸爸媽媽的作品還有我們的家，全都在大火中被燒光了，剩下的就只有我們的手鐲而已。」

露絲亞伸手輕輕搭在姊姊的手背，佻皮笑著提醒：「剩下的還有我們不是嗎？」

不知道有沒有成功安慰姊姊？艾蜜莉聽罷先是訝然，半晌過後終於重拾笑容，看起來是釋懷了。

「不知不覺回到人間也有兩年了啊……當初我說妹妹被魔物拐走，沒有一人願意相信我，只有傑明毫不懷疑，一口答應和我一起到魔界找妳。」艾蜜莉反過來握住露絲亞的手，一對銀鐲恍如兩姊妹的心靈，輕輕觸碰著。「他這個人啊……雖然平日嬉皮笑臉，可是關鍵時刻都相當可靠。」

「咦──沒想到姊姊居然也有稱讚傑明的一天？」平日總是碎碎念他不上進！露絲亞乍驚乍喜，難以置信得掩住嘴巴。

「既然說到這份上，我也直接問好了──」艾蜜莉驀然深呼吸一下，鼓起勇氣試探。「回到小鎮算起來，你們相處也快一年了吧？妳覺得傑明怎麼樣？」

「唔……是個很正直，開朗友善的大哥哥？」露絲亞歪著頭認真思考良久。「啊，還有笑起來很親切，只要他出現大家就會變得很熱鬧？」

艾蜜莉用力點頭，似乎相當滿意妹妹的答案，然後急不及待追問──

「那麼，如果把他看待成戀人呢？」

怎麼平白無端說到戀人這話題……露絲亞疑惑了一下，頃刻恍然大悟。

「難道說、姊姊妳喜歡傑明嗎！」

「才不會！我的心早已奉獻給神了啊。」

呃、沒猜對？所以說、還有誰喜歡上傑明嗎？是認識的人嗎？難道是翠西姊──

眼見露絲亞毫無頭緒，艾蜜莉沒好氣地笑了，唯有再問坦白一點：「我是在問妳啊？」

原本高漲的情緒瞬間崩塌下來，露絲亞笑容僵住，頓感一片混亂。

「我、沒想過這種事……」

「現在想想也不晚啊？傑明好像也對妳挺在意的。」艾蜜莉倒是心花怒放，一雙綠眸閃閃發光。「如果妳決定不跟隨我一起侍奉神，那某天總得找到個好歸宿吧？要是妳找到那份專屬於妳的幸福，天上的爸爸媽媽也一定非常安慰。」

專屬於自己的幸福嗎……露絲亞不自覺把手按在心房。

「妳還在意魔界的事對嗎？」見妹妹默不作聲，艾蜜莉索性把露絲亞的雙手都牽過來，一起合十。「人啊，總需要往前看，過去的空白，就用現在把握得到的幸福來彌補吧？」

艾蜜莉用額頭輕抵妹妹的劉海，施放祝福，一道柔和的白光從掌心綻放開來。

那種莫名其妙的空洞和不安，或許真的純粹是失憶所導致？

說不定就如姊姊所說，現在的空白，只要前進一步就會有所答案吧？反正再怎麼思考也沒辦法整理出任何東西，露絲亞唯有心懷希望合上眼睛——

砰——鏘——

藍眸闔上的剎那間，一聲巨響轟然乍現。

露絲亞嚇得應聲跳起，什麼東西摔碎了！她慌亂地左顧右盼，唯獨附近只有植物與磚塊，根本沒什麼能摔碎的物件。

「怎麼了嗎？」

「好像有玻璃碎了？」

「或許是聲音太小，我沒注意到。」

「好響亮的一聲，真的沒聽見嗎——」

「不說這個了，快看看那邊，真是湊巧呢！」

露絲亞心急如焚想要補充，艾蜜莉卻不斷示意妹妹展望小花園的另一端，便見東尼和傑明捧著兩個大大的布袋走往廚房。

或許剛才姊姊全神貫注祝福，所以沒聽見？艾蜜莉顯然懶得在這個話題上打轉，露絲亞也只好先把疑問擱在一旁，說不定是野貓之類的小動物溜進哪個誰的房間摔破了什麼，悼念會完結後再來問問大家也不晚。

艾蜜莉朝東尼和傑明揮手，他們注意到了，暫且卸下布袋姍姍走來，大概是太早起來幹活，以體力見稱的東尼稍有倦容，傑明更是大剌剌的打著呵欠。

「說起來，姊姊今天要我留在修道院，是有什麼事情嗎？」

烘焙屋務求趕及今天為特意前來悼念的人們送上慰勞麵包，這幾天可忙得團團轉了，露絲亞原本今天也要一起趕工，艾蜜莉卻臨時意起要求她留下，恐怕傑明正是為了填補她的空缺而出現。

「是因為這個——我想妳以倖存者身份帶領群眾默禱！」艾蜜莉從衣服的暗袋中掏出一疊稿紙，塞到妹妹手裡。「我現在就去跟大家商討安排加插演說人數，妳趁有時間好好記一下稿吧？」

現、現在？

在儀式快要正式開始的這個時候？

藍眸訝然圓瞪，這、是在開玩笑吧？露絲亞看看手裡寫得密密麻麻的稿件，又看看綠眸閃閃發亮滿載期待的艾蜜莉——姊姊絕對是認真的。

「我看還是不要比較好——」

「不用害羞，我相信沒誰能比妳勝任！」

露絲亞趕緊攔住去路，正以為對方會甩開她，沒想到反過來被牽住，嚇得她登時語塞。

「想想看，曾被魔物拐走的少女如今絲毫無損的站在台上，這種神蹟一定會有更多人投歸神的懷抱吧？」眼見兩個大男孩差不多到來，艾蜜莉無視了露絲亞的不情願，欠身告辭。「待會再回來找妳，對了！還有剛才說過的事，妳也要好好想想啊？」

「姊姊，等一下——」露絲亞叫也叫不住，只能眼睜睜目送艾蜜莉丟下各種震撼的話語便跑掉。

「怎麼了？」

傑明一問，露絲亞冷不防與他對上眼。

剛才說過的——

如果把他看待成戀人——

頃刻，露絲亞尷尬得撇過頭去。

「原來妳也會生悶氣耶？」平日總是笑瞇瞇地打招呼，今天露絲亞竟然一反常態，連東尼也忍不住驚訝。「傑明做了什麼惹妳生氣嗎？」

「我哪有！」傑明立即抗議，慌慌張張走到露絲亞身旁，硬是要擠進她視野。「我做了什麼惹妳生氣嗎？」

「沒什麼……你們先去忙就好。」露絲亞倔強地抿著嘴巴再扭過頭，她愈被追問愈是為難，都怪姊姊胡說八道，這下要怎麼面對傑明了！

「那麼——想不想看看神奇的東西？」傑明沒由來地轉個話題，沒等露絲亞回覆，便跳過石壆來到，拾起澆水壺。「看好囉？」

他朝陽光較猛的地方一直澆水，澆水是很神奇的事？露絲亞終究忍不住好奇瞄過去，只見水花灑落了一會，平平無奇的水簾驀然出現了一道小小的彩色光弦。

露絲亞一雙藍眸登時明亮起來，急不及待把稿件交給東尼，跨過石壆伸手嘗試抓住彩光，卻只碰得著水珠，真的好有趣！

「好漂亮——這是什麼魔法！」

「彩虹不是魔法啦，雨後放晴的話還會長長的一條掛在半空。」

傑明指向天空劃了一個大弦，露絲亞一同抬望，那裡只有樹影和白雲，總覺得有點難想像。

「妳要來試試看嗎？」

「我也可以嗎？」

鬧彆扭的情緒瞬間煙消雲散，露絲亞接過澆水壺，普通地灑下水珠，彩虹真的出現了！

「欸，這個字怎麼唸？」就在露絲亞嘖嘖稱奇，東尼忽然揚聲詢問，沒想到他才是認真細看稿件的那個。

「不知道。」

「沒見過。」

露絲亞和傑明不約而同湊近細看，接著搖頭擺手。這下可慘了，還有多少字看不懂？露絲亞趕忙照著唸一遍，艾蜜莉的用詞華麗複雜，就算勉強唸出來了，整句的意思卻根本沒看懂。

「就算會唸，等下又會有多少人聽明白啊？」傑明聽到一半，已經深感憂慮。

「我也曾經被祭司抓上講台，最後緊張到忘詞，愈忘詞愈緊張，結果哇一聲哭出來。」說起自己的糗事，東尼羞窘地抹一把臉。「已經是小時候的事了，現在偶然還是會被左鄰右舍翻出來恥笑，妳真的不拒絕嗎？」

才重拾微笑沒多久，露絲亞聽罷又再心事重重的抿抿嘴。

「說實在，我早就注意到了——」傑明摸摸下巴，似是趁著話題一併問及他察覺多時的事情。「妳好像一直以來都不太喜歡宗教相關的事情？」

啊，被發現了。

不過這也不難發現，平日露絲亞對大多數事情總是「沒關係」、「不要緊」，然而每逢艾蜜莉想舉辦見證會或是分享會什麼的，露絲亞卻一反常態逃之夭夭。

這次那麼匆忙，說不定是艾蜜莉不想她再輕易逃掉？

「不知為何，我不喜歡那種全心奉獻的情景，好像……太投入會受到傷害一樣。」露絲亞握著稿紙，內心五味雜陳，抗拒的、內疚的、疑惑的、無奈的，統統混在一起。「我不是不想為父母祈禱，只是……如果可以的話，我只想和姊姊兩個人一起悼念而已。」

「唔——的確，這種事發自內心會更好。」

「畢竟一百個人就有一百個面對哀傷的方式吧？」

兩個男生沉思了一會，各自說出了看法。

一百個人就有一百個面對哀傷的方式……原來是這樣嗎？

「如果不同的人有不同的悼念方式，那你們怎麼悼念血祭？」這都是聽東尼媽媽說的，每年血祭悼念日民眾都會在教堂追悼，露絲亞有點難以想像，除此之外還會有別的方式嗎？

「遠的不說，就說翠西好了。」東尼馬上就舉出大伙子相當熟悉的人來當例子。「她每年都會跟孩子們講述血祭的歷史、模擬血祭的情形，希望以自身的經歷教導孩子如何在危難中保護自己，還有身邊的人。」

「再說，忙完烘焙屋的事，我們會回到村莊，不參加追悼會。」傑明輕描淡寫，說了一件露絲亞毫不知情的後續活動。「雖然這麼說有點肉麻，不過總覺得那裡才是真正適合憑弔的地方。」

「村莊？」原來小鎮不是勇者團的故鄉？

「艾蜜莉沒有告訴妳嗎？雖然這裡也受波及，但血祭發生的地點不在小鎮，而是不遠處的村莊。」東尼不自覺望向某一方的天空，說了一件露絲亞從沒聽聞的事。「當時領主善心收留村莊的難民——也就是我們，住久了，我們也把這裡看待成故鄉了。」

露絲亞亦呆呆跟隨東尼望向天空一隅，即使什麼都沒看見，她已經止不住想像。原來她出生的地點，勇者團成長的地方，是位於不遠處的、一個名不經傳的小村莊——

「等下你們出發時，可以帶上我嗎？」露絲亞冒昧詢問，總覺得不去看看的話，好像錯過了比追悼會更重要的事情。

「可以啊，回去看看也好，應該說必須這麼做。」傑明頓了一頓，索性大膽邀請。「要不——現在就出發吧？」

「咦……現在？」今天怎麼大家都很喜歡隨心而行了？

「反正妳也不想演講，不是嗎？」

「可是姊姊……」

「又來了。」

傑明有點不悅，伸手捏著露絲亞的臉頰。縱使傑明沒有言明，露絲亞也知道他想說什麼，畢竟這一年來早已聽過不少次了——不要老是繞著別人思考，妳自己的想法是什麼？

「比起站到人前發表講話，我比較想聽聽大家的事情。」露絲亞一鼓作氣說出內心的想法，臉頰被捏著，害她有點口齒不清。「比起帶領默禱，我比較想到村莊看看！」

「很好，愈來愈願意坦白了嘛？」傑明這才滿意地放開指頭，改為揉搓露絲亞有點微紅的肌膚。「該不會——這證明我們關係愈來愈好了？」

「畢竟常常偷偷把賣剩的麵包送給你呢？」

露絲亞毫不客氣揶揄。

傑明垂頭喪氣長嘆了一聲。

東尼則掩著嘴巴捧腹偷笑。

怎麼、大家的反應好像有點奇怪？露絲亞不明所以，她、說錯什麼嗎？難道傑明真的生氣了？

「傑明你先帶她去，我來把麵包交到廚房就好。」東尼笑夠了，他輕輕一推，二人隨即剎不住腳，往前衝了幾步。「趁艾蜜莉還在忙東忙西，趕緊出發吧？我來替妳解釋就好，不然碰著面恐怕她又會堅持硬拉妳上台。」

「那就拜託你了。」傑明挺起胸膛重新振作，和露絲亞一起躡手躡腳穿過花園，往後門走去。

「對不起，晚點又害你們被姊姊教訓，不過我會共同進退的啊！」

「沒關係，反正我早就想和妳單獨逛逛？」

姊姊、傑明、單獨逛逛……

風馬牛不相及的詞彙沒由來的連結在一起，把好不容易丟到一旁的煩惱狠狠拉扯回來。

這次，露絲亞聽懂了。

連帶剛才為什麼會有奇怪的氣氛，她也驀然懂了。

露絲亞不自覺剎住腳步，皙白的臉龐瞬間燥熱羞紅，一雙藍眸難以置信地盯著傑明。

是傑明故意惹人想多了？還是姊姊稍早前的說話令人想多了？露絲亞手足無措，現在、她要說什麼比較好？

回到最基本的難題——她要怎麼用平常心面對傑明了？

正當她分神在想有的沒的，便聽見傑明吹了一下口哨。

「原來要丟直球啊！」

「直球？」

「對了，我們要不要牽手？」

「為什麼？因為外面人很多嗎？」如果是擔心走散了的話……露絲亞硬著頭皮伸出手，想要裝作一切如常。

「當然也有這個原因——」傑明走前數步，繼而像騎士般彬彬有禮地輕握她的手。「不過主要是我想和妳手牽手約會？」

看著傑明那抹充滿陽光氣息卻又帶點壞心的笑容，露絲亞臉龐乍然通紅，羞澀地輕輕甩開了傑明。

「別緊張啦，不開玩笑了。」傑明推著她離開，哭笑不得地拍拍腰間的佩劍。「才不只有兩個人，這裡還有堤蓓在不是嗎——嗚！」

話音未落，傑明立即被搖晃的劍鞘絆了一下，直接摔個四腳朝天。真的摔得好慘——是不是堤蓓在鬧脾氣了？露絲亞瞄瞄劍柄上的寶石，光芒璀璨如昔，全然看不出有什麼變化。

「你、還好嗎？」露絲亞猶疑了一下，最後還是拋開剛剛的羞怯上前扶起那個狼狽的大男孩。

傑明未及回應，身後的走廊便傳來窸窸窣窣的交談聲。

不好，該不會是艾蜜莉回來了？

剎那間所有芥蒂都不值一提，露絲亞與傑明眼神交會半秒，頃刻甚有默契，手拉手跑出修道院。

※　※　※

小鎮的城門外，是一片綠意盎然的郊區。

寬坦偶而彎曲的小徑上，露絲亞任由傑明帶領前行，然而沿途上露絲亞顯然有點心不在焉。

那些花長得像顆球一樣，粉藍粉紫的顏色好漂亮！

啊，那朵白雲的形狀看起來好像麵團桿！

那顆菇——菇傘下恰好有隻蝸牛，好有趣的畫面！

一雙天藍眼瞳總是遊走在新奇的事物之間，難以掩飾內心的雀躍。露絲亞回想起來，這一年過得挺匆忙的，大多數日子都在烘焙屋工作，不然就是在修道院或孤兒院幫忙，真的很久很久沒有這麼悠閒散步——

可是、再怎麼新奇好玩都要忍住，因為他們這趟行程並不是歡愉出遊，而是到村莊悼念——

那個她真正的出生地。

露絲亞每看到想要分享的東西都裝作視而不見，她幾次欲言又止，幾次加快了步速，最後又硬生生配合傑明的步調，慢悠悠的走在對方身旁。

總覺得今天傑明有點慢條斯理，也比平日沉默多了不太講話，說不定是因為想到血祭的事而心事重重吧？

該說些什麼安慰他才好？

或許應該告訴他沿途的新鮮事物，反而可以哄他開心？

露絲亞苦思了一會，不自覺偷偷瞄向傑明，沒想到傑明也恰好看著她。

怎麼、傑明看起來並不是所想般鬱鬱不歡？

「我啊——曾經有次和老媽吵了幾句。」自出城門後，傑明終於首次開腔，卻是令露絲亞摸不著頭的話題。「明明心情很不爽，可是還得帶狗狗散步。」

「唔、後來呢？」

「狗狗好像感覺到我不太高興，於是努力陪我一起不開心。」說到這裡，傑明忍不住笑了笑，沉醉在回憶中的茶目看起來相當溫柔。「平日散步總是東跑跑西嗅嗅，那天牠拼命把好奇心壓下去專心走路，很可惜牠的演技被尾巴出賣，猛晃到都能刮起地上的枯葉了。」

「好體貼啊那狗狗——雖然有點怪可憐的。」聽罷，連露絲亞也忍不住笑了，可以想像到那個畫面一定很逗趣。

「而且好可愛，就和現在一樣。」

和現在一樣？

露絲亞正想追問，卻見傑明四處張望一下突然偏離小徑。

「好——接下來走這邊。」

……這邊？

露絲亞不自覺佇立在整潔的小徑上，呆望傑明有點艱辛地走進滿佈枯葉的雜草叢。即使放眼展望，前方仍然是一片茂林，怎麼看也看不出這是一條通往村莊的「道路」。

「真心不騙，是這邊走沒錯啊？」傑明往樹林深處前進了一段路，回首想要協助露絲亞時才發現她仍然愣在原地。「我來找找看，記憶中是在這裡附近沒錯……看吧，這個就是證據！」

傑明俯身在草叢間搜索了一會，未幾便朝露絲亞招手。

露絲亞抓起裙襬，跨進草叢的瞬間，頭頂的日光被茂密的樹蔭遮蔽，周遭頃刻變得陰陰涼涼的。她有點狼狽地來到傑明身旁，便見長至腰間的野草堆中，竟然屹立著一塊霉霉黑黑的木牌，上面好像曾經寫上了什麼，如今卻看不出個所以來。

「這個是？」

「前往村莊的指示牌。」

聽到答案的瞬間，恍如遠足的心情終於如願平息。

「對不起，明明今天不是玩鬧的日子……」露絲亞不禁鄭重道歉，畢竟她終於確實體會到了——

他們正要前往的地方，是個毀於一場慘劇的村莊遺址。

「那麼——明天再來一起玩？」傑明伸伸懶腰，打趣地邀請。「只要不是悼念日，便可以盡情玩得很開心？」

的確、今天和明天，真的有那麼大差別嗎？

悼念日不允許快樂，只要明天便可以立即開懷大笑嗎？

被傑明這麼一問，露絲亞頓時啞口無言。

無論是東尼一家、翠西或是艾蜜莉，只要說說笑笑到某個段落，他們偶而會心不在焉沉寂下來，半晌過後才恢復笑容。雖然他們很快便再次投入其中，然而那個非常愉快的情緒早已褪去。

彷彿被某種事物束縛住，止步不前。

應該由衷高興的時刻，卻再也沒法由衷高興。

「我想——我們這輩子大概不會再打從心底感到快樂吧？」

傑明彷彿看穿了露絲亞的疑惑，直接回答。

「悲傷並不只有這天，而是從那天起每分每秒都從內心深處一直侵蝕我們。可怕的是即使再怎麼痛苦，日子還是得過，正如妳曾經所說——好好活下去才不會辜負那些犧牲了的人，因此我們有的投身宗教、有的寄情工作、有的自我放逐，費盡氣力重新學習快樂、接受快樂，或是假裝快樂。

即使如此，我們卻不可能真正走出陰霾，因為只要甩開它，就好像一併把那些珍視的人和事物丟掉一樣，於是我們不得不擠出笑容與那巨大的空洞共存。

這種日子實在太累了……簡直像撕開自己很多瓣，明明想要好好活著，反而愈活愈沒了靈魂，因此我們才需要悼念日——給那些努力微笑的人休息一天，給那些平日不敢悲傷的人有空抒發悲傷和思念。

所以沒關係啦——能衷心感受喜悅很幸福啊？要記住，悼念日絕不是強行要求大家哭喪臉，管它明天、今天、後天，只要開心，盡情笑就好。」
傑明撥開野草，並主動伸出臂彎給露絲亞充當拐杖，沿路協助她繞過大石，跨過樹根。露絲亞看著傑明始終如一的爽朗笑容，只感胸口塞著一股難以忍受的鬱悶。
「那麼……傑明呢？」正當要從橫臥的枯樹幹爬下，露絲亞沒有接下傑明伸出的手，而是駐足不前。「今天為什麼不休息，為什麼還在強顏歡笑了？」
這年來大伙兒偶然會提及血祭的事，唯獨傑明從來沒說過半句，甚至總是以溫和冷靜的語氣來安撫別人，就如現在開解露絲亞一樣。
陽光般熱情開朗的個性，還有時而溫柔時而堅定的談吐，傑明的積極樂觀令露絲亞差點忘了——
傑明也是其中一名血祭倖存者。
能夠鉅細無遺描述倖存者的心境轉折，這、不就正正因為傑明也經歷著同樣的矛盾和掙扎嗎？
如果悼念日是生者的休假，那麼……至少這天不要勉強自己吧？
「露絲亞。」二人沉默半晌，傑明驀然一臉認真地呼喚她。「要是再不趕快，回程時太陽下山可不妙了。」
「啊……對不起。」露絲亞羞窘地接過傑明的手，狼狽地換了幾次重心才安全著陸。也對，彼此相處的日子不長不短，哪有資格要別人打開心扉了……

「我才要說對不起，一鼓作氣拉妳過來，才發現這條路對妳而言頗艱辛的。」傑明沒有回頭讓人看到他的表情，露絲亞只能看到他一頭亂糟糟的橘髮，還有那個破舊的結他木盒。「說起來，妳應該對村莊沒印象吧？」

「印象還是有的，不過都只是聽大家形容而已。」

雖然直到剛才為止，露絲亞以為大伙兒所說的地點就是小鎮，不過即使換了地方，那個動魄驚心的描述仍然絲毫未改。

那夜，村莊遭受魔物襲擊，熾熱的火海吞噬了一切。

撕心裂肺的哭叫聲劃不破噩夢般的夜幕，甚至直至晨光初現，黑暗仍然籠罩著那片土地。燒成焦炭的垣瓦；焚成灰燼的家園。

烏黑的濃煙隨風飄散，目及之處，寸草不生——

「那麼，待會小心不要被嚇倒啊？」傑明故弄玄虛地預告，拉回露絲亞的思緒。「看好囉——我們到了！」

傑明撥開擋在前方的藤蔓，一片謐靜優美的花海頃刻映入眼簾。

萬里無雲的晴空下，雖然仍屹立著好些日久失修的屋樑和建設，可是朵朵粉紅、粉黃、粉白的小野菊遍地綻放，彷彿努力用它們小小的身軀，把不堪入目的廢墟點綴得美輪美奐。

這裡、真的是大家口中所說的煉獄嗎？

一隻蝴蝶細細碎碎的在露絲亞面前拍翼飛舞，眼前的景色跟她認知中的畫面實在大相逕庭，如果她在做夢的話，究竟哪邊才是夢境比較好？

驀地耳畔傳來悠揚的結他聲，露絲亞恍然回神，便見傑明已手執結他，坐在不遠處的湖旁邊。最初他有一下沒一下的撥弦，後來不知何時開始專注彈奏起來。

是一首不曾聽過的歌，聽起來有點傷感……若果每個人都有各自面對哀傷的方法，說不定這就是傑明的悼念方式吧？

深怕上前會打擾對方，然而跑太遠又可能害他分心，露絲亞只好同樣來到湖旁，與傑明隔著一段雖遠猶近的距離，沿著湖邊漫不經心地來回踱步。

正當露絲亞掏出束口袋，朝水裡的魚群撒出麵包屑之際，傑明倏地停止演奏，揚起嗓子搭訕。

「沒想到這裡變得那麼熱鬧，真是諷刺呢。」

「不過要是繼續維持那個慘況才奇怪，畢竟都快要廿年了。」

「或許是大家不希望這裡太寂寞，於是努力地讓這裡繁盛起來？」可惜縱使土地修復了，那道傷痕卻殘留在人們心裡。

「欸，妳這個想法不錯耶！」傑明眼前一亮，賣力稱讚。「妳知道當時我看到村莊，第一個想法是什麼嗎？」

當時……是指血祭嗎？

露絲亞沉默不語，她實在想像不到，更不想妄然亂猜。

大概傑明也認為她猜不出答案，苦笑地公佈答案：「好香的炭火和烤肉味啊，原來這天有祭典嗎？幸好及時回來沒錯過！」

露絲亞想不通，為什麼會是烤肉味……啊、不對、她好像懂了——天藍色的眼瞳先是疑惑，後來她錯愕得連麵包屑也沒抓好，尚未撒開便全都掉進水裡。

「和趕回村莊的東尼不同，也和被困瓦礫的翠西和艾蜜莉不同，血祭時我剛好不在。」傑明重新輕撥結他弦，這次只有零碎得不成樂曲的音調，半晌他又苦笑續說。「那天我大清早偷偷瞞著老媽跑到很遠的小鎮買結他，幾天後回來，老媽不見了、狗狗不見了，整個村莊的人都不見了，只有焦香的味道還沒有散去。」

露絲亞瞄瞄擱在一旁的破舊木盒，傑明所說的會不會就是現在他懷中的那支結他？

「所以血祭對我而言，也就只是大家不見了而已，老實說現在我偶然還是會想，說不定街口轉角便看到老媽回來，嘮嘮叨叨罵我跑到哪，她快擔心死了，哈哈。」不知道是想要緩和氣氛，還是認為這種想法太天真，傑明尷尬地乾笑數聲。「可是村莊的各位和我不同，他們眼睜睜看著家人如何被殺，房子在火海如何崩塌——在大家最痛苦的時候我居然不在。」

「這不是你的錯……」

誰會想到魔物一夜之間大軍壓境？

明明是殘暴魔物一手造成的災難，為什麼最終卻是善良的人背負罪疚？

露絲亞衝口而出想要安慰，然而傑明聽罷卻笑得更無奈。

「對吧？雖然說就算在場也只是徒添傷亡而已啦……不過我逃過一劫的確是事實，如果大家認為歡笑有罪，那我更沒有哭的資格不是嗎？」看來她想說的傑明都瞭解，唯獨沒辦法阻止那種倖存的愧疚。「既然不能和大家一同經歷，那我總得做點什麼來替大家分擔才行。」

「所以才會成為勇者——」

「嗚、不要叫我勇者啦，明明這種事誰也辦得來。」傑明難為情地搔搔臉頰，硬生生扯開話題。「對了，難得來到花海，有個東西不給妳看看絕對很可惜！」

傑明玩心大起，收好結他轉而摘下很多野菊，似乎打算弄些什麼，手裡忙不過來。

這、算是傑明謙虛嗎？

深入敵陣與可怕的魔物抗衡，守護大家平安，這真的是誰也辦得來？再者艾蜜莉曾經說過，能夠得到刃精靈堤蓓大人認可的都是萬中無一的人？

露絲亞實在搞不懂，然而這不是她最為懊惱的問題。

傑明將不曾提及的過往一一告之，露絲亞卻連半句安慰都想不出來。這個男生始終用著事過境遷的語調來描述，究竟他是真的放下了，還是在不希望別人擔心？在東尼媽媽面前露絲亞可以充當女兒的替身，穿上每件親手縫製的裙子；在艾蜜莉面前露絲亞則是嘴甜舌滑的妹妹，雖然不常做到預期中的乖巧聽話——

那麼傑明呢？

她可以為傑明做些什麼嗎？

「妳只要順著自己心意活下去就好。」

咦？

天藍眼眶內滿載的訝異，全被茶目溫柔接納了。

彷彿看穿露絲亞的苦惱，傑明再一次直截了當揭曉答案。

「某種意義來說妳代表著我努力的成果，要是妳整天愁眉苦臉，我會很沒成就感耶？總之——」傑明大功告成似的，將一頂剛編織好的花冠高高舉起，並一記套在露絲亞頭上。「魔王什麼的我已經收拾掉，只要大家好好活下去，我就很幸福了！」

露絲亞手足無措摸摸花冠，忽然不遠處飛來一隻麻雀，停在爬滿牽牛花的屋頂。她看著眼前平靜祥和的風景，還有身旁這個總是逗她笑的男生，內心那股悵然若失的感覺，漸漸釋懷成暖烘烘的甜笑。

這個世上，原來有這樣溫柔的人嗎？

犧牲自己，為了爭取大家往後的日子也如這刻一樣和平。

「只要活著就是別人的幸福，會不會有點太簡單了？」露絲亞想了想，傑明的願望與他曾承受的比較起來，總覺得很不划算。

「那麼……妳還有一件事可以做的啊。」傑明伸手順了順露絲亞耳畔的金髮，長滿繭的指頭劃過耳殼，癢癢的。「就是活下來之後——」

啪蹉啪蹉……

倏地，耳畔響起連串清脆的碎裂聲響。

剎那間，傑明不見了、花海不見了、暖洋洋的陽光還有蔚藍的天空統統始不復見。

取而代之的，是滲進骨子裡的寒。

凋零的黃昏色調。

吞噬萬物的積雪。

荒涼冷清的庭園。

陌生事物填滿眼眶，當中有個不認識的小男孩，緊緊牽住露絲亞的手。

周遭景致疑幻疑真，唯獨男孩的臉龐永遠朦朧，猶如被狠狠撕去一隅的油畫。

「活下去之後……就跟……一直一直在一起，好不好？」

含糊不清的話語瞬間潤澤了心靈，亦瞬間粉碎了心臟。

甜蜜、悔恨、懷念、喜悅、難過——明明感受如此鮮明強烈，露絲亞卻猶如在暴風雪中伸盡手臂，除了一片蒼白與迷霧外，全然抓不住一絲線索。

這個小男孩是誰？

誰跟誰承諾永遠在一起了？

露絲亞確信自己不認識這個男孩。

可是，為什麼？

她又覺得自己好像和這男孩戀愛了好久好久——

「——嗚嗷！」

直到一聲突兀的嘶吼轟進耳內，陌生男孩駭然腐朽成滿口獠牙的可怕魔物！

快逃。

長滿獠牙的怪物嘴巴猛然張開，在這半秒間的空隙，露絲亞用力推開了傑明。

傑明逃過一劫，取而代之的是獠牙沒入了少女的手臂。

一咬一扯，露絲亞失足下沉。

無孔不入的水、臂腕撕裂的劇痛、雙腳懸空的不安、無處可逃的窒息感，所有恐怖觸感爭先恐後衝擊著露絲亞，她驚惶掙扎卻徒勞無功，只能被魔物直直拖進湖底。

鮮血一絲一縷從傷口化於水中，吸引其他水底的兇殘魔物極速竄近，陽光下閃爍的湖面似乎近在咫尺，可惜她怎麼伸手也始終碰不著。

猙獰的魚怪臉龐映入眼簾，畫面無聲而驚慄。

第一次，露絲亞感到與死亡距離如此近。

快要氣絕的一剎，湖面波光粼粼之中，倏地一個黑影直墮而至。

嘭！

黑影沉沒水中，猶如一個巨人踏過水窪，平靜的湖水頃刻波濤洶湧，不只沖散了繞在露絲亞周遭的魔物，甚至直接把水飛濺到花海，湖泊頓成淺灘！

窒息感驟然消失，露絲亞貪婪地把空氣大口大口扯進肺部，未幾視野開始澄明，映入眼簾的是懸掛在臂上的魚怪猙獰頭顱。參差不齊的尖牙仍然緊緊咬住手臂不放，唯獨一柄利劍貫穿魚怪的腮，魚怪一動不動被釘在亂石堆中。

傑明？

露絲亞順著散發光芒的劍刃仰望，最終看見傑明手握劍柄，單膝跪在她身旁。

驚慌散亂的湖水伴隨張牙舞爪的魚怪回流，窮兇極惡的咆哮鑽進耳中，站在所有敵意的中央，傑明默默抬頭。

總是溫柔的茶目，首次滿溢出凝重與殺意。

拔劍、抽身，傑明撲進魔物群中，義無反顧孤身迎戰。劍尖輕划水面，淡淡漣漪映出砍成兩掰的魚怪屍首，飛濺的水花尚未染成鮮紅，已再被劍刃橫割開來——連同那數顆長鱗片的上顎。

腥臭的血液從斷面噴出，只剩下顎連接身軀，魚怪仍舊執行腦袋下達的最後指令，一仆一繼撲向傑明。

俯身衝前，傑明猛力拉回橫揮的劍，如鰭的腳遭俐落削去，魚怪登時失去重心，欲想作最後反擊卻最終東倒西歪散落一地。

支離破碎的屍體在半空瓦解之際，一隻利爪從旁突襲。

噹！

爪尖與頸椎，幸而還剩一柄劍身的距離。

惟那蠻勁大得足以將傑明摔倒水中，魚怪將傑明壓在身下，胸腹的隆起的硬棘肆意在他身上亂割。魚怪仿以勝利者之姿貼近傑明面龐吼叫，腥臭的黏液直接噴在他臉上，惹得傑明厭惡輕嘖。

把心一橫，傑明索然抓住劍刃，劍鋒竟沒傷及他半分。

傑明反手握住劍柄用盡氣力一旋，魚怪雙掌隨即脫落！他同時用盡氣力往上蹬，總算脫離魚怪的束縛。

位置互換，傑明一鼓作氣高舉利劍。

水花融入血泊之中，劍尖早已送入魚怪胸膛，一直割至腹腔。

剛才殘忍的斷殺現場，轉眼只剩傑明一人屹立池中，他隨手擦擦臉上不知何物的污垢，微微喘息。

「你有必要搞得那麼誇張嗎！整個湖消失了——」

魔物殆盡，率先打破沉默的是堤蓓。

她毫無先兆現身，在傑明身旁踏往半空展望四周，一臉難以置信。

「不然咧？翠西和東尼又不在。」傑明帶點無辜地反駁，他環視一下周遭的敗將，然後走向其中一具屍體再補一劍，痛吼聲登時響徹天際。「何況水底根本不利戰鬥，妳也是霎時想不出更好方法才願意契約的吧？」

堤蓓頓時語塞，低哼一聲撇過臉去。

結、結束了嗎？

露絲亞望向腳邊的無頭魚怪屍骸，而頭顱還緊咬著她的手臂，不禁心有餘悸，然而傑明與堤蓓的對話宛如閒話家常，方才觸目驚心的戰鬥又彷彿只是一場司空見慣的練習或訓練。

氣氛反差太大了，露絲亞只能呆坐原地看著他倆有一句沒一句地拌嘴，有點茫然不懂自處。

「這裡不太可能出現這種高階魔物，我覺得有點不尋常。」堤蓓看著腳底下的髒穢之物，彩瞳異常凝重。「雖然只有一瞬間，可是我感覺到有股強烈的魔力一閃而過——」

「這些只能晚點和翠西他們討論了。」傑明收好武器，三步併兩步趕來查看露絲亞傷勢。

「堤蓓，我能不能獻祭些什麼，直接把傷口轉移到我身上來？」

傷口、轉移？

先不追問這種事為什麼辦得來，傑明不也一樣傷痕累累嗎！露絲亞欲想抗議，豈料僅僅挪動一下，傷口便劇痛得令她半身發麻，只能軟軟跪坐下來。

「我不接受你的提議。」幾乎是立即，堤蓓亦衝口而出拒絕。「等她姊過來處理就可以了吧？這點傷一時三刻死不了。」

「死不了但是會很痛耶？反正我等下就要睡死，什麼都感覺不到。」傑明甚為不悅，或許是戰鬥過後情緒仍然高漲，他的語氣帶著幾分焦躁。「我早想說了，有時候妳的想法還真欠了點人性。」

「不、傑明你這樣說也太……」雖然知道傑明出於擔心，可是連露絲亞也忍不住幫腔。

只見堤蓓明明居高臨下，卻相當委屈的扁著嘴巴，原來貴為刃精靈大人也會表現出如此孩子氣的一面——露絲亞默默驚訝，畢竟她對堤蓓的印象也就只有謁見室的那次而已。

半晌過後，充滿怒火的彩瞳總算恢復高傲，堤蓓牽起一抹不慍不火的微笑。

「嗯哼——真虧沒人性的我還打算給你三十秒善後。」

「咦、等等，我馬上道歉──」

「晚安囉？」

堤蓓話畢，傑明隨即如斷線木偶般，咚一聲躺臥到水裡，嚇得露絲亞倒抽一口氣。

※　　※　　※

月色皎潔而詭魅；大地雪白而蒼茫。

灰色的羽梢微微顫動，覆蓋其上的霜花隨氣流直捲上空，淹沒於黑夜之中。

站立在一堆巨型駭骨之上，灰林鴞緩緩抽回鳥化的爪。剛剛殘殺了什麼魔獸，他已經連名字都想不起來了，只一直仰望夜空，呆呆出神。

今夜的滿月好美。

露絲亞一定會很喜歡。

現在──就去找她回來一起欣賞吧？

思而及行，灰林鴞展翅高飛。

成年禮那天也是滿月，當時他曾把露絲亞緊緊摟在懷內，少女的胴體柔柔軟軟，不緩不急的心跳，還有暖和的體溫，所有一切都令人多麼安心和依戀。

彷彿追逐著一抹伸手可及的幻影，灰林鴞於月夜下高速飛馳。

現在露絲亞還留著長髮嗎？

畫作仍然是亂七八糟的嗎？

還喜歡蘋果嗎？

好想和她碰面。

好想再次觸碰她。

去吧。

現在就去見她——

「嗚！」

倏地胸口一悶，以灰林鴞為中心的杉林猛晃不止。

一雙羽翼驟然消失，體內紊亂的力量騷動不已，灰林鴞恍然昏厥過去，從半空中直直墮落。少年的身軀先後撞上樹梢、岩壁，最後卡在歪七扭八的怪石亂枝上方才止住跌勢。

天空忽然離他好遠，迷糊間灰林鴞伸盡手臂。

黑夜裡，空無一物。

不甘、憤恨、悲慟，各種情緒無聲狂嘯過後，灰瞳只剩一片黯然。

呼……摔下來實在太好了。

畢竟這個世上對露絲亞最具威脅的，正正就是灰林鴞自己。

只要稍微軟弱、稍微不克制，千千萬萬個藉口就會在腦袋爆發湧至，天天夜夜弄得自己疲憊不堪，目的就是為了保持清醒。

思緒稍微冷靜下來後，灰林鴞施以治癒魔法把身體各處的擦傷和骨折統統復元。他欲要從石塊中撐起身子，未料掌心傳來的觸感令他嚇住了。

這才不是什麼歪七扭八的長尖怪石。

這是骸骨——是一隻非常巨型的魔物胸骨。

察覺事實，灰林鴞心臟頓時跳漏了一拍，匆忙繞著骸骨仔細檢查。

這是什麼魔物？多久之前死去？是誰殺的？萬一這魔界裡有著比鴞族更厲害的存在，他可要盡快找出來——然後除之而後快，不能有任何事物危及露絲亞安全。

灰林鴞一直順著脊骨滑翔，直至目睹某物。他啞然著陸，憂慮亦在此宣告終止——脊椎的盡頭，是一個結構複雜的扁平頭骨，月光灑落在空洞的眼窩裡，震撼中瀰漫著一絲悲涼。

張開的上顎長有兩枚駭人尖牙，下顎則分成兩截，是蛇……

灰林鴞的腦袋瘋狂運轉，拼命翻找有關於巨蛇魔獸的記憶。

豈料，沒有了。

除了傳說中的、那位與鴞族有著千絲萬縷恩怨的魔女之外，真的沒有了。

鴞族一直沒有魔女的詳細記載，於何處被先王殺死、故居又在哪裡，灰林鴞反覆讀遍了家族史與文獻，又拜訪過年邁的魔族與家僕，可惜多年來依舊毫無進展。

沒想到這夜被他誤打誤撞遇到了。

難道說，魔女的故居也在這附近嗎——

灰林鴞抱著僥倖與雀躍的心情四處亂逛，繞了很多很多圈，卻總是回到蛇骨盤踞之地，再也沒什麼突破。

不對，這感覺太熟悉了。

就像是……通往西翼的走廊一樣。

把心一橫，灰林鴞拆下蛇骨其中一節尾椎。

所有結界都有其盲點。

愈強大的結界，那個盲點便愈顯而易見，例如說鳥族的盲點是地底、兩棲類的盲點是溫度，如果是傳說中的最強魔女，那麼她的結界盲點——

灰林鴞來到一段兩旁長有微微發光的巨型蕈類的道路前，在空無一物的前方用椎骨輕輕揮劃。

——很可能就是她自己。

慘白的骨骼猶如撫過湖面，森林的映像泛起了漣漪，灰林鴞手執尾骨邁步向前。

映入眼簾的，是一片粉色的花樹海。

這片區域沒有滲進骨子裡的惡寒、沒有沉積到鼻腔內的冰冷氣息，地上甚至沒有半點積雪，樹梢上片片花瓣微微散發著粉白色的光芒，灰林鴞走在其中，從沒料到魔界裡竟然藏著美輪美奐的仙境。小橋流水，花枝招展，不深不淺的河川散發著暖意，灰林鴞沿著彎彎曲曲的山路來到山頂，尋尋覓覓至今，他終於抵達了——

魔女的故居，是一間平凡不已的小木屋。

田裡的果實成熟飽滿，屋頂的煙囪冒著白煙，窗戶透著燈光，灰林鴞悠悠想起，露絲亞也憧憬和他住進這樣的小屋，共度餘生。

他謹慎地推開木門，意料之外沒有任何陷阱。他曾經猜想過魔女會住在什麼地方，說不定是個堆滿毒藥，養著各式各樣毒物的山洞？如今他看著屋內平凡不已，甚至帶點女性喜好的布置，內心不禁有點慚愧。

走進屋子，這裡的事物仍然一塵不染，彷彿時間停頓了，也彷彿只是屋主剛好外出，馬上就會回來。灰林鴞來到寬長的工作檯前，這裡有點像城堡廚房的料理桌，放置著各式各樣的香草和配料，當中一個華麗精緻的小盒子突兀地混雜其中。

好奇心驅使之下，灰林鴞放下骨頭，把盒子擱在掌心，正思考要怎麼解鎖之際，沒想到蓋子便自行打開了！

猝不及防，灰林鴞就這樣與一名長有長黑曲髮的女性打個照面。

這位就是魔女嗎？雖然並不是真身，這影像似乎是她刻意封印起來的意念。

突如其來的展開，灰林鴞仍在愣呆，魔女似是有重大宣佈，深呼吸了一下。

「我——魔女墨蘭，戀愛了。」

薄唇輕輕吐出心事，帶點威嚴的臉龐也隨之變得柔和。

「從前從前——有隻笨雀聽說這裡有個很厲害的魔女，於是不厭其煩每天都前來找碴。」說到這裡，墨蘭頓了一頓，表情有點羞愧。「我也樂於當成消遣，結果某天我心情不好，錯手把他打成重傷。」

雖然已經是很久很久以前的事了……可是聽到祖先的糗事，灰林鴞有點不知道該擺出什麼表情才好。

「反正閒著沒事，我就把那隻笨雀留下來，慢慢照顧到他痊癒為止。」墨蘭沒有說得很詳細，然而她臉上洋溢著喜悅，相信那段相處時光相當甜蜜。「在這之後，他離開了，久得我以為他不會再回來之際，他又出現了，而且還向我求婚……」

對當事人而言應該是奔向幸福的結局……早已知道真正結局的灰林鴞，本以為只有他一人會為此感到愧疚和無奈，沒想到墨蘭欣悅的表情同樣垮下來。

「那隻笨雀，懦弱得要命，求婚什麼的，恐怕是他家族的主意吧？」

原來，墨蘭早就猜到了背後很可能藏有陰謀。

「可是，我仍然想要賭一把。」她雙手合十，強大的魔女在愛情面前，亦只能像個少女般忐忑不安。「說不定是獨居久了，寂寞了，就會覺得養隻寵物也很不錯？」

她不自覺望向窗外，灰林鴞的視線也被吸引過去，灰瞳登時訝然睜大。

這裡竟然看得見魔王城——這個距離、不就是他小時候每天都會用望遠鏡眺望的孤山嗎！兜兜轉轉那麼多年，原來灰林鴞早就與魔女的故居朝夕相對。

「現在，我要去赴約了。」

彷彿知道灰林鴞的存在，墨蘭把目光拉回來，恰好對著灰林鴞嫣然一笑。

「我希望今後對他只有愛與信任，不安與懷疑就鎖在這裡吧？可不能弄髒這段百年難得的戀愛啊……」

話畢，魔女的身影如煙消失，盒子亦隨之化灰飛散，灰林鴞回神過來，溫馨的小木屋始不復見，山下那片浪漫花樹海只剩枯黑的枝椏。

失去了魔女的庇護，這片仙境亦黯然落幕。

當時的墨蘭並不知道結局。

結局是，她賭輸了。

她死在愛人手上，並用盡最後一口氣詛咒鴞族。

被愛蒙蔽的墨蘭，愛愈深，恨愈深，如此決心去愛一個人，遭背叛時理所當然因愛成恨。

這就是魔女的絕望了嗎？

灰林鴞平躺在地，仰望夜空啞然失笑。

黑夜裡，始終空無一物。

他曾經堅信只要找到魔女的故居，推敲出解開詛咒的線索，就能光明正大與露絲亞一起。

如今終於真相大白，同時也斷絕了那僅餘的一絲希望。

如果這就是魔女的絕望，那麼灰林鴞此生注定沒辦法解開詛咒——因為他根本沒辦法對露絲亞抱有半分恨意，不是嗎？

好痛苦。

要不他也像魔女一樣，找個盒子將所有關於露絲亞的記憶封存起來，然後深深埋葬在這片茫茫的雪土吧？

如此一來活著還有什麼意義？

好累。

灰林鴞就這樣一動不動地呆望天空，不知過了多久，驀然一隊鷹鴉在滿月下一閃而過。停擺了的腦袋不知不覺重新運作，越過這座孤山，後方就是魔獸蟄伏的荒野險地。可是那並非鷹鴉的巡視範圍，灰林鴞從沒允許過。

「你們要去哪裡……」灰林鴞以極快速度將鷹鴉們攔截下來，正當他質問因由，領隊的卻是一個他始料不及的人，深灰的眼瞳不禁為之一沉。「角鴞，率領鷹鴉潛行邊界，這是怎麼回事？告訴我。」

角鴞一雙金眸不閃不躲，與灰林鴞直視卻沉默不語，魔王與忠臣就在圓月之中無聲對峙，後方的鷹鴉群只能面面相覷。

說實在，答案心知肚明。

若然從荒野險地再深入前往，便會遇上一片懸崖，在那之後——就是人間的邊境。

「照夜找到了露絲亞。」

兩個久違的名字在廣闊的夜空下響起，角鴞淡然將人間目前的實情全盤告知。灰林鴞欲言又止，要追問的事實在太多，思緒亂七八糟之際，角鴞不徐不疾補上一句——

「力量失控了。」

腦海轟然空白，灰林鴞霎時間難以置信，唯獨角鴞的表情鮮有焦慮，顯然事關重大，刻不容緩。

「或許受到某些衝擊，大可能是聖職者曾經對她施法，我們太大意了。」角鴞追蹤了照夜，因此同樣目睹了村莊遺址所發生的一切。「懇請陛下趁這個機會跟那個人類了斷，萬一她記憶恢復後對人類全盤托出，甚至鴞族的力量被反過來利用，魔界將不得安寧──」

「然後你認定我不會答應，所以悄悄行事，對吧？」

灰林鴞索然打斷了角鴞的冗長解釋，角鴞只能垂下眼簾默認。

「有句說話，由我來講恐怕非常不適合，不過──」說不定大家只會認為那是他不願承擔重任的歪理吧？灰林鴞頓了一下，還是決定苦笑續說。「如果一個王朝是那麼不堪一擊的話，那只證明鴞族本就命該如此。」

大逆不道的話句迴響於空中，鷹鴞們果不其然議論紛紛。唯獨角鴞仍然面不改容，也對，以他深思熟慮的個性以言，怎可能沒察覺這種一體兩面的事實。

「鴞族的存亡當然重要，可是這並非在下的唯一憂慮。」不過，鴞族的一切彷彿就是角鴞的唯一，明知魔王心意已決，角鴞仍然不懈諫言。「現在陛下體內有很多尚未馴服的力量，若試圖冒險把這麼強大的力量回收，萬一互相抗衡的話──」

「角鴞。」灰林鴞當然很感激角鴞的忠誠，可惜他倆所執著之物，終究令他們的立場背道而馳。「如果你在擔心我，那你應該會明白我現在的心情才對。」

話畢，灰林鴞轉身飛翔。

角鴞頓時無言，只能與鷹鴞小隊一起目送灰林鴞消失於黑夜盡頭。

灰林鴞非常擔心露絲亞，非常非常擔心。

他忍痛放手，讓心愛之人回到所屬之地與親人團聚，重獲本該擁有的平靜和自由，結果即使身在千里之外，還是沒辦法擺脫鴞族帶給露絲亞的陰霾。

她可以遇上不愉快的事，可以活得不如灰林鴞所期望般幸福，但是，她絕對不能因為鴞族陷入絕望。

從前的無能為力又再湧上心頭，逼迫灰林鴞喘不過氣。他一直拚命追求力量，渴望一天能不受任何事物阻撓，守護自己真正渴求之物。

如今，灰林鴞如願變強了。

遺憾的是，他仍然無力扭轉命運，只能在這既定的悲劇降臨前，試圖多掙扎一秒。

第4章 重逢與道別

第4章　重逢與道別

天空灰濛濛一片，空氣也悄悄瀰漫著水的氣味。

露絲亞站在烘焙屋的後門，似乎正打算把洗淨的托盤收回來，卻不知怎的佇足原地，仰望天空呆呆出神。

直到圍牆上停留的雀鳥愈來愈多，吱吱喳喳的鳥鳴吵個不停，終於把露絲亞不知飄到哪裡的意識喚回來。

「對不起，發呆了一下。」她匆匆地停步，轉而單手捧著托盤，有點艱辛地伸手摸摸腰間的束口袋。「快下雨了，趕快吃完就找地方躲好——啊！」

砰砰！

豈料一下沒拿穩，整疊托盤便散落地上，把雀鳥們都嚇飛了。

「露絲亞，還好嗎？」連串巨響同時也惹來東尼關注，他從店面探出頭來，便見地上一片狼藉，趕緊上前收拾。「是不是手臂的傷還沒痊癒？」

「不，早就沒事了。」露絲亞俏皮地拍拍臂膀，這都是多虧姊姊厲害的治療魔法。「剛剛只是不小心而已，對不起。」

「我才要跟妳說對不起，這段時間妳應該也累壞了。」東尼順勢也把餘下的托盤一口氣搬來，明明露絲亞犯了錯，一臉歉意的卻是他。「可是巡邏工作愈來愈頻繁，要勞煩妳代我照顧老爸老媽和烘焙屋多一陣子。」

那天村莊遺址出現魔物後，民眾在鎮外遭魔物襲擊的傷亡報告便陸續紛飛而至，而且魔物的兇殘程度同樣並不尋常。身為勇者團的一員，東尼只能撇下烘焙屋的工作，投身守護家園的行列，每天早出晚歸。

就如現在，東尼趁著早餐後的空檔來幫忙打點而已，緊接下來就要出發與翠西和艾蜜莉會合，聽說今天領主也派出衛兵一起巡邏。

「這點辛苦不算什麼，我才要說辛苦你們守護小鎮呢。」托盤不跌白不跌，露絲亞索性正正經經打開東口袋，抓一把麵包屑撒出去，可惜已經喚不回遠飛的鳥兒。

「妳還真是喜歡鳥啊？」東尼沒好氣地笑問，明明沒有雀了，還是擔心牠們回來時會餓著，究竟是有多喜歡啊？

露絲亞仰望天空，微笑用力點頭：「嗯！我喜歡他們飛翔的樣子。」

那個張開翅膀全力撲入天空，自由自在的姿態好耀眼——

「你們家的麵包難吃死了！」

驀然店面傳來窮凶極惡的喝罵，破壞了僅餘無幾的放鬆時間。東尼與露絲亞匆忙回到屋內，便見一名中年大叔大清早便滿身酒氣，隨手就把麵包丟向東尼媽媽。

東尼登時火冒三丈，憤然衝前揪住那大叔的衣領，不費吹灰之力便單手扯得他雙腳離地。

「我家的麵包就是這個口味，不喜歡就給我滾蛋！」沒有任何商量餘地，東尼隨手一甩，鬧事的傢伙猶如一具木偶被拋出店外。

中年大叔嚇得酒醒了幾分卻沒有就此罷休，揉著疼痛不已的屁股繼續無理取鬧：「那個魔物養大的女奴隸，做的麵包會吃壞人啦！」

「你、說、什、麼——」

大概是近來魔物肆虐的焦慮壓抑已久，東尼再也控制不了怒火想要認真幹架，唯獨一支木杖輕鬆把他攔下來。

「衛兵，這裡有人鬧事啊？」事情差點一發不可收拾，翠西恰好出現阻止，然後朝身後的衛兵撇撇頭示意。

「我哪有說錯？你們的麵包就是有問題！」中年大叔被衛兵架走，他仍然激動地口沒遮攔。「這幾天大家都說肚子痛，一定是那魔物女奴下藥吧——」

露絲亞原本在安撫受驚的東尼媽媽，然而謾罵聲傳進耳內，她不禁愣住，表情寫滿了難堪。

「不用把那些胡說八道放上心。」東尼媽媽反過來把她擁入懷中，輕輕梳理著她的金髮。「妳的動物造型麵包可受孩子歡迎了，每天都售罄呢！」

「悼念日妳不在教堂而已，當日那些麵包大家都誇獎好吃啊！」艾蜜莉也跑進店內牽過露絲亞的手，提及當日盛況，翠綠的眼睛頃刻閃爍不定。「雖然妳沒有選擇歸順神，可是藉憑美味安撫世人也是一項善行，身為姊姊我很驕傲！」

「我沒事啦，只是烘焙屋平白無端聲譽受損，真氣人！」露絲亞重拾甜絲絲的笑容，雖然總會有些對她身世耿耿於懷的人，不過同時身邊也有很多關心她的人。

她明白的啊，所以不可以再垂頭喪氣。

「如果傑明在，他會懂得怎麼打圓場吧……」東尼說罷，好不容易緩和的氣氛再次塌下來，他卻未有為意，自顧自嘮叨。「啊——真是鬱悶啊！傑明還在睡嗎？要是這傢伙醒來，我一定要拉著他大口大口吃起司火鍋！」

「露絲亞，如果妳今天也會到孤兒院，可以順便替我做幾個焦糖蘋果嗎？」眼見東尼愈說愈錯，翠西不自覺瞄向露絲亞，只想趕快結束話題。

「嗯嗯，是這週乖孩子的獎勵吧？放心交給我！」露絲亞匆匆解下圍裙，反正也差不多要外出送貨了——

也順便逃出烘焙屋，免得留下來要大家繼續顧慮她。

「說來那傢伙為了保護妳，真是有夠拼命耶。」豈料東尼根本沒有察覺露絲亞的窘困，繼續有話直說。「如果有人這麼對待我，我一定會感動得立即求婚！」

話畢，正要推開店門的露絲亞剎住腳步。

大伙兒看著露絲亞的背影，全然猜不透她的情緒。

未幾她終於轉過身來，笑著揶揄：「傑明真的會希望我留在他身邊嗎？」

「不，報恩不一定要獻身啦！」

「我家的笨兒子在開玩笑而已。」

「可是那傢伙不是擺著明喜——」

東尼媽媽忍不住拍拍兒子的頭，艾蜜莉也無聲做了個閉嘴的手勢，翠西更是舉起木仗架在東尼的脖子上，東尼頓時成為眾矢之的仍然一臉無辜，不明白自己又說錯了什麼。

「總之妳不用因為內疚而勉強自己。」翠西趕緊上前勸導，深怕露絲亞鑽牛角尖，一時衝動做錯決定。「妳不也用了我給妳的護身紙鶴，通知我們來救援嗎？這算扯平不相欠。」

艾蜜莉卻似乎深感是個大好機會，立即雀躍試探問：「還是說，經歷患難之後，妳真的對傑明有什麼想法嗎？」

「為什麼你們緊張兮兮的？開玩笑啦。」露絲亞見他們認真不已，連忙笑著解釋。「不過，我的確也在思考要怎麼辦就是了……」

唯獨露絲亞若有所思補上的這句，令烘焙屋瞬間陷入靜默。

「好啦，再不出門我會趕不及完成送貨。」天色似乎愈來愈暗，露絲亞只顧觀察天氣，全然沒注意身後的人，道別一聲便推開店門。「今天你們也要平安回來啊！」

直到門鈴靜止，烘焙屋內乍然起哄！

「她在思考什麼！」

「求婚嗎！」

「傑明終於守得雲開了？」

「嗚啊——好在意！傑明那傢伙快點醒來吧！」

所有危機統統拋到九霄雲外，勇者團的腦袋此刻塞滿了伙伴的幸福想象，然而露絲亞推著滿載貨物的小小木頭車前進，渾然不知自己沒頭沒尾的解釋惹來莫大的騷動。

從村莊遺址回來，已經差不多一個星期。

從那天起，傑明便一直昏睡。

至於那個原因嘛……

「——還不是因為這傢伙祭出足以劈開湖水的力量來救妳嗎？」

雖然已經回到小鎮良久，唯獨當天堤蓓不以為意的解釋仍猶在耳。

那時候露絲亞目送護身紙鶴撲入藍天之中，接著手忙腳亂把失去意識的傑明挪到懷裡，確保他的臉龐不會沉到水裡。

「傑明？你還好嗎——傑明！」明明仍有呼吸，可惜不管怎麼呼喚，懷中少年依然一動不動。

露絲亞仰望浮在半空的堤蓓，於是得到這個答案。

「他應該告訴過妳吧？」堤蓓擺弄一下曲髮，全然一副愛理不理的模樣。「只要向我祭出相應代價就能換取所需的力量和刃器，所以這種事不值得大驚小怪？」

是有聽說過沒錯，也曾目睹傑明在街上倒頭大睡就是了……然而露絲亞沒能做到堤蓓那樣輕描淡寫，始終她與傑明大部份的相處時光，都是鮮有需要許願獻祭的平靜歲月。

咦……等一下。

露絲亞細想了一會，才驀然發現自己一直以來對刃精靈的契約有些誤會。

「所以、傑明是因為湖水才會昏睡過去，而不是因為對抗魔物嗎？」

「妳原來挺蠢的嘛？一件事要人家重複回答兩次？」

「如果每個行動都必須付出代價——」疑惑與好奇蓋過被堤蓓調侃的難堪，露絲亞小心翼翼拭走傑明臉上的水珠，追問到底。「那麼，他獻出了什麼，才得以一直擁有與魔物抗衡的力量？」

他總是擠出最陽光開朗的笑容，輕描淡寫與堤蓓的契約，如今露絲亞細想一下才發現不對勁，究竟他實際上犧牲了什麼重要的事物……

「有點說來話長，我就長話短說好了。」堤蓓伸伸懶腰，是不是因為她漫長歲月中已經閱人無數？明明正要講述傑明人生中的最重要轉捩點，她卻好像閒話家常。「當年他跟我許願『殺光所有會傷害人類的魔物』，於是我要求他祭出『對魔族的憤恨』。」

聽罷，露絲亞心臟洞然漏跳了一拍。

殺光、所有會傷害人類的魔物……

「完全和現在這傢伙連結不起來吧？短暫的壽命中擁有千變萬化的可能，這也是人類可愛的地方呢。」堤蓓雙手抬著腮子蹲下，一臉興味盎然看著狼狽昏睡的傑明，她的雙腳始終不曾在水面牽起一絲漣漪。「仔細想想，如果要傑明把村莊的回憶及感情祭出，他大可能連冒險也不需要，直接秒殺到魔王城。」

「可是、如果缺失這部份的話——」對傑明來說也就失去行動意義了不是嗎？

「明明已經不怨不恨了，卻還得舉劍一直殺下去，難道這樣又比較有意義？」堤蓓緩緩站起，視線稍微比露絲亞高一點，白色的長曲髮無風而逸，幻彩的眼瞳彷彿看穿了對方內心的想法。「人類的喜怒哀樂，每一種感情都有其意義啊？傑明卻從此沒辦法怨懟任何魔物，也捨不得遷怒任何人，妳能想像嗎？最終他的內心會剩下什麼？」

湖泊只餘淺灘的水量，恢復平靜的湖面映照出廣闊無邊的晴空。

同樣擁有天藍眼瞳的露絲亞，內心始終無法放晴。

啊，不行。

快，來笑一個。

露絲亞忙碌了大半天，最後抵達孤兒院。她一直走向傑明所在的房間，不自覺朝走廊的窗戶一瞥，那堵心事重重的臉龐連她自己也嚇了一跳，她連忙用力拍拍臉頰，要自己趕快振作起來。

「傑明午安——」

露絲亞重拾笑容，精神抖擻推開門打招呼。

如同之前的所有探望一樣，時間彷彿自那天起停止流動，只有窗簾隨風而晃。

窗外景色灰濛濛，房間陰暗而寂靜，結他木盒和佩劍擱在旁邊的櫃面，一名橘髮少年正躺在床上，睡姿像個嬰兒般捲曲起來。

露絲亞放輕手腳走進房間，拾起被踢到地板的被子，替傑明重新蓋好。嗯，順便關上窗戶好了，不然等下雨水飄進來，沾濕了身子會容易感冒——

「快逃……」

她走近窗邊，倏地傑明吐出含糊不清的夢話，沉穩的睡顏亦漸漸扭曲起來。是作惡夢了嗎？只見少年的手似有若無地伸往半空，似乎想要抓緊什麼，於是露絲亞伸出手好讓傑明握住，至少、說不定這樣他會安心一點？

雙手觸碰的瞬間，傑明的茶目猛地張開。

「你終於醒來了嗎……嗚！」露絲亞喜出望外之際，沒想到對方用力緊捏她的手，突如其來的疼痛害她登時語塞。

「堤蓓呢！」

被捏住的手腕除了傳來麻痛，還傳來屬於少年的顫慄，露絲亞啞然望向傑明，那雙總是暖洋洋的茶目如今失去了溫度，左右來回不斷亂竄，警戒著周遭所有角落。

露絲亞怯怯指向旁邊的櫃面，傑明立即半爬半滾地衝過去抓緊劍柄，並趕緊把裝備一一穿上。

「我睡了多久？」

「七天了……」

「現在是什麼情況？」

什麼情況……不，為什麼他昏睡那麼久仍知道出了點狀況？露絲亞疑惑了一下，還是如實告知：「大家都外出巡邏了，最近魔物忽然增多——」

「大概是進入了某個魔族的地盤，雖然翠西懂得隱身魔法，可是雪林總是很容易留下什麼痕跡。」傑明嘴裡縱使井然有條地分析，露絲亞卻愈來愈感到不明所以。「說不定我們已經被魔物察覺了，牠們加強了巡視，總之先趕去會合吧？不能再在這裡浪費時間。」

魔族？

地盤？

雪林？

「小鎮一年四季都不會下雪，哪來的雪林？」眼見傑明正要奪門而出，露絲亞刻意擋在他面前，雙手捧著他的臉頰，迫他正視自己。「傑明——你知道自己在哪裡嗎？回答我！」

「妳是……露絲亞？」傑明有點不耐煩想要掙脫束縛，唯獨天藍眼眸堅定不移直視，他最終迫著凝望眼前的女孩好一會，腦袋才翻找出相符的記憶，淡漠的眼神漸漸恢復神采，卻又瞬間恍如驚弓之鳥。「外面——是不是有孩子在尖叫！」

「不，他們在玩踢罐而已，這裡什麼事也沒有。」露絲亞拉著他來到窗邊，不遠處的空地果然有一群孩子在跑跑跳跳，彷彿在把握下雨前最後的時光盡情玩個夠。「傑明，我們安全了——這裡沒有魔物，沒有任何東西能傷害我們。」

「是啊……這裡是小鎮。」看著平凡不已的日常光景，傑明這刻恍然才意識到自己身在何時何地，真正從噩夢中醒來，可惜只由驚惶變成沮喪。「對不起，妳的手還好嗎？沒辦法立即分辨那隻是魔物，最近太鬆懈了。」

「為什麼要道歉？你已經很厲害了！」露絲亞擠出笑容，主動解開袖口的絲帶展示給傑明看，被獠牙咬出一個個血洞的臂膀依舊雪白無瑕。「看啊，托姊姊的福，傷口連一點疤痕也沒有！」

傑明凝望露絲亞一會，牽起一抹淡淡的苦笑。

「對不起，結果還是要妳露出這種笑容……」

露絲亞聽罷，完美的甜笑頃刻僵了一下。

果然、一下子就被傑明看出來了。

沒來及說些什麼掩飾心虛，傑明已拉著露絲亞的手。他欲想替露絲亞把袖口帶繫回去，遺憾他根本手抖得光是把絲帶交疊也做不好。

「對不起，妳先出去一下可以嗎……」偽裝不了冷靜，傑明最後頹然放棄，重重坐回床沿抹一把汗。

——妳能想像嗎？最終他的內心會剩下什麼？

堤蓓的疑問再次在死寂的房間響起，當時露絲亞費盡心神也想不出的答案，如今難堪地呈現眼前。

不行，怎麼可能要在一個沮喪的人面前比他更沮喪？

勇者不為人知的脆弱身影漸漸扭曲不清，露絲亞深呼吸一下，繼續擠出笑容。傑明說過不喜歡看到她滿臉愁容，只要表現得輕鬆愉快一點，說不定傑明也會稍微釋懷吧？

「對了，今天會弄焦糖蘋果呢。」露絲亞努力說著不著邊際的話題，同時識趣地推門離開。「已經預上你的份了，好好休息，等下給你最大顆啊！」

她走出門口悄悄回望，傑明沒有回應，仍然呆望窗外那片隨風搖曳的樹蔭。

門關上後，露絲亞默默盯著走廊有點發白的木地板一動不動，只有孩子們的玩鬧聲幽幽傳來。

啊，蘋果。

剛剛麵包實在有點重，只顧著快點搬到廚房，完全忘了蘋果還在手推車裡！露絲亞搓搓止不住微微顫抖的手，趕緊三步併兩步跑回孤兒院後門，唯獨無能為力的感覺重重壓在心扉，使她每一步都變得沉重不已。

露絲亞曾經以為傑明醒來後，他會一如以往朝氣勃勃的打招呼，也許會驚訝自己那麼能睡，沒聊兩下便會嚷著肚子餓，結果跑出去立即被孩子們抓去一起玩。

那個駭人的魔界，明明離開了，卻化成噩夢纏繞著他。

可是，知道了傑明的狀況，又可以怎麼辦？

正如當天在湖泊裡，堤蓓把與傑明之間的契約都告訴了露絲亞後，刻意反問：「好了，故事都告訴妳了——所以妳能為他做些什麼？」

露絲亞不自覺揪著衣領，她的確很想為傑明做點什麼。

唯獨那個選擇大概並不如東尼和艾蜜莉所期待的，留在傑明身邊。

「啊，不要偷我的蘋果啦！」

露絲亞悶悶不樂推開後門，赫見不遠處的手推車聚集著好幾隻烏鴉，正在聯群結黨把蘋果從袋子裡叨出來。

「你們還真會挑啊……」露絲亞連忙跑過去阻止，可惜看起來最可口的那幾顆已經被啄得體無完膚，她不禁捧在掌心惋惜一下。「只能送給你們吧？明明是壞孩子卻有蘋果吃呢？」

露絲亞高舉起色澤紅潤的蘋果，烏鴉們便從容不迫飛近。

啪躂！

黑色的羽翼輕輕拍打，毛骨悚然的玻璃碎裂巨響便伴隨而來。

灰濛濛的樹林景色碎成一地，取而代之的是一個燈火通明的廚房，橘橘黃黃的燈光配上窗外漫天飛雪，更顯室內暖烘烘。

露絲亞的視點變得很矮，她一直跟在一名短髮女僕後頭，在料理台前忙得團團轉。突然女僕不小心弄掉了大木勺，露絲亞彷彿抓到了什麼機會，衝上前替她拾起。

她看不清女僕的臉龐，只看到女僕伸手輕拍她的頭，然後遞給她一個蘋果。
露絲亞恍然意識到了。
這些陌生的人物和情景，恐怕就是她遺失了的那部份記憶。
露絲亞也終於理解了。
最後堤蓓在湖泊中忍不住透露的憂慮。
當時萬里晴空之下，堤蓓以幼童纖細的手直指露絲亞胸口。
如今露絲亞眼睜睜看著自己手裡的蘋果，站在其上的是一隻巨大的、像極了烏鴉的猙獰魔物。
尖銳的鳥喙猛張，縈迴耳畔的卻是堤蓓語氣略為憤慨的疑問——
「妳能確定，妳真的不會奪去傑明好不容易守護的一切嗎？」

※　※　※

烏雲蔽日，大地失去陽光的照耀，絕望悄悄捲襲而至。
哀號與驚叫在城鎮裡此起彼落，從沒間斷。

幾許和平的街道如今滿目瘡痍，不知從何而來的魔物突然現身，會飛的、會爬的、會走的……各種酷似生活在城中的動物，卻又體型巨大、面目猙獰，兇殘地襲擊人類。

家園受襲，失去棲身之處的人們慌惶失措四處逃生，混亂之中，一名老婆婆不慎被人群撞倒了。

年邁的身軀本已跑得筋疲力竭，這下一摔更是無力爬起，老婆婆只能趴在地上，恰好與一隻匍匐在不遠處的鼠型魔物四目交投。

「丫——」鼠型魔物沙啞怪叫，露出的齧齒沾滿鮮血，四爪離地直撲向前——

噗！

詭異的頭顱直直撲往老婆婆面前，然而一切僅止於此。預想中的血腥畫面沒有發生，老婆婆從驚愕中回神，這才看到傑明踩在魔物的背上，而魔物早已身首分離。

「沒受傷吧？妳是……陶瓷店的婆婆！」傑明定神一看，才發現對方是熟悉的居民，趕緊抽回佩劍，上前將她扶起。

「傑明？真高興能看到你！」突然有個姊姊跑來幫忙，雖然她模樣有點狼狽，不過花仙子般的制服仍然相當令人注目，一眼就能看出她是花茶室的女店員。「這位婆婆怎麼了嗎？」

「摔倒而已，婆婆就交給妳照顧了。」傑明將驚魂未定的老婆婆交託給女店員，並高聲指引人們前往安全的避難所。「聽好了——教堂有聖職者在保護大家，快去那邊！」

傑明目送居民跑往教堂方向，總覺得恍如夢中，事情突發，他根本沒有思考餘地，就得立即動身跑到城鎮保護眾人。

孤兒院有翠西佈下的結界，而且孩子們平日訓練有素，察覺有魔物在院外徘徊，立即冷靜躲進室內，還機靈地趕緊通知傑明。

小不點們都安全無恙了——唯獨找不著露絲亞。

雖然印象有點迷糊，她不是說要去弄焦糖蘋果嗎？那她應該也在孤兒院才對？

魔物出現以來，誰也沒見過她。

傑明問過教堂，聖職者忙亂中只能祈求失蹤的少女平安；輾轉他又去過烘焙屋，躲到地下室的東尼爸媽反過來千叮萬囑一定要找回露絲亞。

「傑明，左邊！」

現在，傑明聽著堤蓓的指示辨認出魔物，他不假思索拔劍就砍，一隻爬蟲魔物便應聲倒地。

「這裡到處充斥著魔力……比你們深入魔界時感受到的還要濃烈。」堤蓓看著天空，任誰也想像不來那雙幻彩眼瞳看到的影像會有多怪異。「尤其在噴水池那邊，說不定源頭就在那裡。」

傑明佇足眺望，他看到的只有落荒而逃的人群，還有一片狼藉的市集攤檔。貨品雜物散落一地，全然看不出昔日井然有序的光景，也找不出那名金髮少女的身影。

內心堆積著難以言喻的焦慮與不安，傑明不自覺握緊手裡的佩劍。

為什麼偏偏挑在這個時候，露絲亞究竟跑到哪裡？

會不會他們剛好錯過，露絲亞已經抵達教堂，或是回到孤兒院？

難不成她被魔物襲擊，受傷躲在某處的大街小巷？

抑或是——

驀地，一隻小小的麻雀越過傑明頭頂上方。

明明是平凡極致的日常風景，此刻卻有種說不上來的詭異。沒由來的直覺驅使傑明於人潮中逆流而上，三步併兩步追隨著上空拍翼的麻雀。

「傑明？不要擅自行動，先和伙伴會合啊——」

堤蓓的勸告傳不進少年耳內，傑明越過小巷、跨過雜物，視野豁然開揚。他不知不覺走出大街，幾許繁華熱鬧的廣場經已人去樓空，只剩噴水池仍舊運作。

「露絲亞！」

噴水池旁，一名金髮少女緊緊環抱住一隻發狂的犬型魔物，阻止牠繼續行動！

銀色的劍尖刺入魔物心坎，傑明手起刀落，直接把魔物的上半身砍劈成兩半，不再掙扎的屍體，連帶露絲亞一起掉進噴水池裡，四濺的水珠不再晶瑩剔透，而是染成駭人的血紅。

「先別理我，快去救他們！」

咦、這裡還有其他人嗎！傑明欲想上前扶露絲亞一把卻反被提醒。他左顧右盼一下才發現不遠處有對母子，兒子被翻倒的馬車困住了，母親心急如焚想要救出孩子，無奈卻氣力不夠。

為什麼每次需要大力士的時候，東尼都偏偏不在啊——傑明趕緊跑過去幫忙，兩個成年人的氣力總算勉強扛起車架，孩子一邊受驚大哭，一邊咬緊牙關緩緩爬出。

「謝謝你——傑明，謝謝你！」

「快去教堂避難吧！」

「姊姊、露絲亞姊、姊……」

母親緊緊抱住孩子連聲道謝，正要轉身前往教堂，孩子反而吐出露絲亞的名字。

「我會帶她離開，放心吧。」

大概是驚惶之下沒辦法組織出完整句子，孩子努力表達他也在擔心露絲亞。可是沒時間寒暄，傑明只能匆匆給他摸摸頭再三保證，推他們離開。

好了，現在——

「傑明，你真的不要過去比較好。」

堤蓓刻意擋在傑明面前，阻止他走近。

他只能站著雖遠猶近的距離，看著露絲亞緩緩從血泉中站起。

「對不起……有件事一直沒跟你們坦白。」

與稍早碰面時的那個清新開朗，笑面迎人的模樣截然不同，此刻她渾身髒兮兮和擦傷，衣飾亦破損了不少，遭利物割開的衣領，再也藏不住秘密——

一道長長的紅痕烙印在少女的雪白肌膚上，隨著呼吸而起伏不定。

是劍痕。

「這是堤蓓大人考驗後留下的，本來在這兩年裡雖然沒有消退，但也沒有變化。」如今大大小小的鮮紅裂紋從那道劍痕一直擴散開去，烙印在雪白的肌膚上，露絲亞整個人就如一尊殘破不堪的陶瓷娃娃，只要輕輕觸碰便會粉碎一地。「最近……就是在去完村莊遺址後，這道疤痕擴大了，就在剛剛，突然又擴散成這樣，然後、城鎮也忽然變成這樣子……」

傑明久久才回神過來，卻霎時間不知要怎麼回應：「妳已經確定兩件事之間有所關連了麼？或許——」

「最初有隻烏鴉直接在我掌心變成了可怕的魔物，可是牠沒有攻擊我，拍拍翼便飛往鬧區，我立即追過去阻止，原來城鎮同樣不知為何到處都是魔物。」沒等傑明反駁，露絲亞娓娓道來這段時間所經歷的異樣。「無論我做些什麼，那些可怕的魔物也只是掙脫逃開，無視我繼續襲擊他人，我嘗試抱住牠們、拉住牠們、攻擊牠們，就算爭取多一秒讓大家逃跑也好，我真的已經盡力了……接下來，我該怎麼辦？」

露絲亞把手放在滿佈裂紋的胸膛，天藍色的眼眸黯淡無光，傑明全然看不出她的情緒。

「雖然事出突然，情況也亂七八糟的，不過我好好想過了啊？」露絲亞逐一數出她設想的解決方案，那種平淡的語調就像今天計劃要到哪裡遊玩無異。「我曾想過自行了斷，可是不清楚原因之下傷害自己，萬一引起更大的禍害會適得其反？

我也想過逃出城鎮，躲得遠遠的，可是不論逃到哪裡，就算沒再傷害這裡的人，說不定也會傷害別的城鎮別的人，到頭來還是得不償失。

對不起，思前想後果然最簡單直接就是向傑明求助，讓堤蓓大人想想辦法直接令我消失——」

「方法的確是有……」

「可是傑明就得付出代價了吧？」

露絲亞苦笑追問，堤蓓也只能噤聲默認。

「明明這是我的問題，我不希望再令傑明痛苦了……」

傑明一直用心聆聽，卻總覺得難以理解對方的想法與憂慮。

這個女孩都在說些什麼？

為什麼他忽然被同情了？

難道這個女孩認為他連這種程度的覺悟也沒有，便每天硬拉著一個身世可疑的人東奔西跑嗎？

「露絲亞，妳知道嗎？」傑明淡然伸出食指，直直指向對方——

「有時候妳還挺討厭的。」

一瞬間，廣場只剩下噴水池的潺潺水聲。

平白無端……至少不會是兵荒馬亂時吐出的真心話，不只令露絲亞啞口無言，堤蓓更是嚇得目瞪口呆。

「你就不會挑別個時機才坦白嗎混蛋！」堤蓓飄到傑明面前，揪住他的衣領大聲質問。「即使不知道原委，你也心知肚明這個局面和那女孩撇除不了關係吧？為什麼你還要刺激她！」

「可是我說的也是事實啊？」傑明一臉無辜，更索性推開堤蓓，乘勝追擊般追問。「露絲亞，在烘焙屋工作之前，妳會知道自己創作的動物造型麵包大受歡迎嗎？」

這麼一問，兩個女孩又呆掉了，全然猜不透眼前這個男生想表達什麼。

「你是不是睡迷糊了?」沒想到這個關頭傑明還是那麼令人摸不著頭腦，原本想保持距離的露絲亞也忍不住關切。「你真的理解現在什麼情況?」

「不理解的人是妳才對!」沒想到傑明仍然一臉認真，彷彿這些風馬牛不相及的問題就是解決現況的關鍵。「在修道院深居簡出的時候，妳曾想像過有天可以在城鎮自由走動嗎?每一次妳決定放棄之前——妳曾努力抵抗過嗎!不要每次連掙扎都不掙扎一下就放棄!」

犧牲、放逐、消失。

所以說，傑明打從一開始便聽不懂露絲亞在說什麼。

為什麼這個女孩一開始就選擇放棄?

猶如被當頭棒喝，露絲亞欲言又止卻始終沒辦法反駁半句。城鎮這個模樣，她大概早已預備遭指責狠罵，卻沒料到自己的陰暗面會被翻出來吧?

「露絲亞，妳要記住，犧牲的本質是一種信念，是妳對所深信的事物與價值到底有多堅定，不是為了換取別人的愛、不是聽從別人指揮——更不是為了逃避難題。」說罷，傑明毅然亮出佩劍。「把真正的想法隱藏起來，難道就能換來想像中的好結局嗎?在決定犧牲之前，妳有好好認知自己還有別的選項嗎?如果妳已經認真思考過，依然認為犧牲也沒關係，那麼妳的決定由我來實現，畢竟事態發展成這樣我也責無旁貸。」

事隔兩年，他再次用劍尖指向露絲亞。

不同往日的是，露絲亞無法像那時候一樣堅定，而是默默垂下眼簾。

「不用顧慮他人、也不需任何人犧牲，真的會有這種選項？」未幾，露絲亞緩緩開腔，總算願意透露一點點內心想法。

「先不要說得那麼大義凜然，憑你那顆不靈光的腦袋能想出更圓滿的辦法嗎？」未等傑明回應，堤蓓也搶著提出質疑。「雖然很遺憾，可是憑你一個普通人類根本不可能拯救到所有人！」

「那就拼命思考吧，未到最後一刻也不要放棄！」傑明一直以來總是軟硬兼施，要露絲亞別再言聽計從，要她好好表達自己，全都是想告訴露絲亞——

她可以選擇。

「即使我按照自己的心意來行動，結果會令每一個人都受到傷害？」露絲亞張開雙臂，彷彿在重新展示一遍城鎮的慘況，要傑明面對現實。「因我要到村莊遺址，害傑明你受傷了；因為我想在烘焙屋工作，害東尼一家惹來誹言；因為我決定留在這裡生活，魔物就來襲擊城鎮——」

「所、以、說——妳有時候挺討厭的，總是輕飄飄笑瞇瞇的樣子，卻從來沒真心信任過任何人，總是想要自己獨個兒承擔一切。」傑明阻止她繼續鑽牛角尖，吐出的卻又是一番令人納罕的發言。「沒錯，每個選擇未必會迎來幸福，未來或許會有更多難以如願的局面，不過請相信身邊會有那麼一個人，甘於和妳一起承擔後果。」

他擱下佩劍，轉而伸出手。

就像當日他用焦糖蘋果鼓勵露絲亞打開心扉，少年凝在半空的拳頭，靜待少女回應。

露絲亞的偏執，傑明完全不難理解——因為他也是這樣走過來的。

而這段日子裡正正是有著勇者團那群傢伙吵吵鬧鬧，他才明白過來，有些問題並不是單憑一個人的力量足以面對。

「我們來一起尋找吧？」那個隱藏在痛苦之中，意想不到的選項——

烽煙飄散在風中，與灰濛濛的天空同化，露絲亞怯怯挪動手臂。

倏地，擱下了的佩劍擅自揮動起來。

堤蓓不知何時已回到寶石裡，幻彩光芒照亮了劍身，平滑無垢的金屬反射出東尼悲憤交加的臉龐。

噹！

佩劍毅然擋下重擊，力度大得傑明整條手臂發麻，唯獨東尼攻勢未止，執意衝向露絲亞！

「東尼你在幹嗎？她是露絲亞啊！」

「我知道——我也聽到了，就是她招來魔物，枉我那麼信任妳！」

傑明趕緊重整旗鼓，這回他手握劍身才能勉強再次擋下衝擊，不過要是東尼認真出盡全力，恐怕他根本不可能抗衡。

「她絕對是無辜的，只要搞清楚原因，她就不用白白送死啊！」

「她無辜，那我父母呢？我姊姊呢？難道城鎮的人就不無辜嗎！」

東尼、翠西、艾蜜莉終於趕回城鎮，勇者團四人總算會合了，立場卻產生分歧。

「你們冷靜點好不！」傑明把露絲亞護在身後，沒想到一天他會站在伙伴們的對立面。「我們認識的露絲亞總是很善良很笨拙地努力著，絕對不會傷害任何人！」

「你當然可以這樣磊落大方，因為我們當中只有你對魔物失去怨恨而已。」翠西忍不住走上前揪住傑明衣領，提醒他需要被體諒的大有人在。「可是我們三個只是凡人，沒有這個胸襟也不難理解吧？」

「露絲亞，我們來去跟領主大人自首吧？」艾蜜莉說著說著，終究忍不住哽咽起來。「再怎麼詭辯，妳也的確令很多人傷亡不是嗎？我們小時候經歷的痛苦，難道就要這麼自私要其他人承受？」

「我知道現在這個狀況妳很難面對，可是妳好不容易才與妹妹重逢的吧？」即使傑明被翠西阻撓，他仍竭盡所能對艾蜜莉喊話。「不要那麼輕易就把家人捨棄啊艾蜜莉！」

「可是……要是能阻止城鎮被摧毀的話、要是全世界都能得救的話……」

艾蜜莉凝望妹妹好久好久，綠眸映出的始終是再多的親情也無法彌補的心碎。她毅然扯斷十字架項鏈，淚水與顆顆縷空念珠應聲滾落。

其中幾顆的銀珠，越過了傑明，直接彈落到露絲亞眼前。

「我來背負著這份罪疚一輩子又有什麼關係！」

決斷的話句說畢，艾蜜莉伸手一揚，縷空銀珠猛然變成一個個不同大小的銀白囚籠，其中一個巨大又沉重的，正朝露絲亞砸去！

糟糕！傑明掙脫翠西的糾纏撲上前，唯獨他根本來不及……也沒能力阻止一切發生。

露絲亞就這樣原地愣住，呆望著囚籠的條狀陰霾直直壓在身上——

千鈞一髮，一隻麻雀從後追上了傑明。

此刻驀然萬物無聲，傑明終於察覺到初見這隻麻雀時，那絲詭異是怎麼回事。

在這個恍如受詛咒的城鎮上，為什麼還有動物尚未魔物化？

醒悟的剎那，小小的麻雀在他眼前直接變成一名女僕。

烏黑的鳥瞳不曾從露絲亞身上移開一秒，照夜越過傑明，靈巧地閃躲避開直砸下來的圓形囚籠，最終抵達露絲亞面前。

碰！

囚籠墜落，內裡卻只有一條鳥雀的羽毛隨氣流混沌亂晃，少女身影就在眾人的眼底下消失無蹤。

照夜緊緊摟著露絲亞，一直在橫街窄巷中橫飛穿梭，躲開沿途的衛兵與魔物，唯獨看著人類充滿殺意的猙獰表情與利刃，照夜不禁憶起方才的勇者團，精巧的臉龐忍不住浮現失望。

還以為人類會有多團結，結果還不是一下子就犧牲弱小的同類。

照夜的速度不曾減低，她拉著露絲亞飛往上空，筆直往魔界方向衝去。

現在知道了，人類的世界同樣不會有任何方法解開詛咒，甚至這個秘密一旦掀開，就連露絲亞也瞬間失去了棲身之處。

想及此，照夜不自覺把懷中的少女再抱緊一點，同時下定了決心——

「嗚！」

毫無警兆之下，一股強大的力量肆無忌憚湧進照夜體內。

她恍然失神，與露絲亞雙雙從半空掉落！

這、就是鴉族先祖累積下來的力量嗎……

照夜咬緊牙關保持神智清醒，墮地一刻重新環抱露絲亞，拼命用自己嬌小的身軀擋下所有雜物衝擊。

「站得起來嗎？」

照夜奮力爬起，推開壓在二人身上的瓦礫與木條，趕快重整旗鼓逃出生天。

她下定決心了。

回到魔界後，露絲亞能活多久，她就照顧多久。

這次，她會回答露絲亞任何問題，無論是知道的、還是不知道的。

這次，打開心扉，好好相處吧——

照夜向露絲亞伸出手。

遺憾露絲亞沒有像記憶中般，馬上粘著她愉快地團團轉。

灰暗的天空落下寸寸水珠，把滿目瘡痍的城鎮再添一層陰沉色調。

即使再多的衛兵手執利刃直指照夜，也不及目睹那雙漠然的天藍眼眸來得震懾心靈。

看著照夜瘦弱的手腕，露絲亞只茫然問了一句——

「妳是誰？」

※　　※　　※

「欸欸，妳們有聽說過嗎？」

「妳是指照夜家的事？」

猶記得那年魔界刮著大風雪，某個比血祭稍微沒那麼重要的事情傳遍整個東翼。

「聽說她家被黑冠鵰襲擊，孩子都被吃掉了！」

「天啊，好可怕……」

起初只是三、四個女僕們在悄悄話，唯獨高寬空曠的走廊把耳語擴大，吸引更多女僕們飛來加入話題。身為熱衷交流情報的麻雀們，工作中閒聊是她們為數不多的娛樂之一，然而也有少數不欲參與的女僕存在。

例如說，照夜。

家門慘劇在腳下始起彼落，照夜默默把高處的窗戶擦拭得一塵不染，同一片玻璃，室外的風雪清晰可見，同時亦映出她那堵平靜的臉龐。

未知是選擇充耳不聞，抑或真的不為所動，身為話題主角的照夜沒有表現出半分激動，如常降落地面準備把髒水換掉，豈料鞋尖才剛著地，女僕們便已蜂擁而上。

「照夜，妳在這裡好好生活吧！」

「有什麼需要幫忙儘管說。」

「我們這些小鳥，本來就得互相幫忙才能過活呀？」

彷彿無處可逃般，照夜不掙扎、不反抗、不回應，站在原地任由女僕們又摟又抱。有的女僕甚至哭哭啼啼起來，所有人都比照夜來得咬牙切齒，唯獨當事人始終不發一言。

「照夜在這裡嗎？」

此時角鴞恰好出現，彷彿把照夜從熱情如火的窘局中解救下來。他的聲線既響亮又帶點嚴肅，女僕們紛紛退到一旁朝他敬禮，然後陸續返回各自的崗位繼續做事。

「角鴞閣下，請問有何吩咐？」

「先跟我來一趟。」

角鴞未有解釋轉身就走，照夜同樣未有多問便不緩不急追上去，留下一眾家僕們面面相覷。

最初，照夜任由角鴞帶領，在東翼的走廊與樓梯穿梭，唯獨他們愈走愈僻靜荒涼，最後甚至來到通往西翼的走廊。當眼看角鴞打開結界領她內進時，照夜那幾近停擺的腦袋終於硬生生運作起來，濃烈的不安頃刻瀰漫心扉。

接下來，她即將被委派何等的重任——

「從今天起，妳全職負責這人類的一切所需。」

走過藤蔓低垂的通道，穿過積雪及腰的庭園，角鴞推開結滿冰霜的西翼大門後，照夜看見了。

在一個稍微整理過，被暖烘烘的爐火映得一室橘黃的房間中央，靜靜放置著一個搖籃。

不僅如此，照夜還看見了——不成形狀的鳥巢，還有支離破碎的雛鳥屍骸，昔日熱鬧喧嘩的啼叫聲蕩然無存，黑夜裡只剩下孤伶無依的樹梢。

慘痛的畫面失控地閃現眼前，幾乎是立即，照夜退後了一步。

「小的實在難以承擔這個重任。」

照夜久久才回神過來，找回理智和聲音，趕緊向角鴞欠身拒絕。

不僅是因為那個人類承載了鴞族的命運。

更多的是，她壓根兒不想再接觸一切會勾起那次慘劇記憶的事物。

「擅長照顧幼兒的女僕有不少——」

「可是會閉嘴做事的並不多。」

未等照夜說完，角鴞已斬釘截鐵地表明委以重任的原因，不容她再三推搪。

「基本用品都齊備，還有好些照顧人類的文獻和筆記，妳儘管找找看，雖然人類嬰兒比較費心，但大致上都是那些細活。」角鴞一秒都不願停留，匆匆交代幾句便再次推門離開。「我晚點會再來，這裡還需要些什麼，屆時整理好再通知我。」

「可是、角鴞閣下明知道……」

「那不是正好嗎？」

厚實的木門再次關上，空蕩蕩的房間只剩下照夜與搖籃。

那不是正好嗎？

或許角鴞也沒說錯，一份可以日以繼夜逃避現實的苦差，還有一個可以遠離喧嘩吵雜的獨處機會，若要說適合，倒不如說沒有誰比照夜更需要了。

照夜在原地躊躇了半晌，終究認命上前，一步一步接近搖籃。

她小心翼翼探頭俯瞰，內裡的嬰兒亦恰好望向她。

一人一鳥，就這樣猝不及防對上了眼。

人類的孩子原來長這樣嗎？

那雙圓圓的天藍色眼睛一直征征看著照夜眨巴眨巴，未幾更朝她伸出手來。突如其來的動作害照夜不敢輕舉妄動，於是粉嫩的小手在空中亂抓幾下，終於成功抓住了她的蝴蝶領帶。

暖爐的火光，把嬰兒的銀鐲和烏黑的烏瞳照得閃閃發亮。

「露、之……絲亞，所以妳叫露絲亞嗎？」照夜怯怯地伸手握住銀鐲，有點艱辛地拼湊出人類文字的讀音。

驀然，露絲亞轉而抓住了照夜的尾指。

不知道為什麼，露絲亞咯咯笑了。

冰冷茫然的鳥瞳彷彿被那微小的暖意融化，漸漸恢復了溫度，照夜不自覺輕輕回握，掌心傳來的柔軟輕易瓦解了她的心防。

「我家也有個跟妳一樣很愛笑的孩子啊……」曾經。

一顆淚水滑過照夜臉頰，照夜終於微笑提及那不願重提的過往。

或許就如角鴞所言，一切正好如此。

露絲亞剛好需要照顧，也剛好彌補了照夜沒辦法看著孩子成長的遺憾。雖然照夜早就知道了，這種關係的盡頭將會迎來哪種結局，然而如果這份殘忍可以換來虛假的幸福，她也願意盡自己最大的努力去照顧這個人類孩子。

為了令她倆看起來不至於太可憐。

可以的話，她甚至希望這個孩子永遠幸幸福福，無憂無慮的笑著，而不是像現在那樣——

「妳打算帶我去哪裡？為什麼要保護我？」

滂沱大雨中，露絲亞一直看著照夜被衛兵圍攻，表情既痛苦又不知所措。

「如果妳是被我控制的話——夠了，可以了啊？我不想再傷害任何人，我會乖乖被抓的！」

說罷，露絲亞擋在傷痕累累的照夜面前，一支利箭同時直飛而來，最終貫穿的卻依舊是麻雀的翅膀。

照夜始終執意將她守在身後，如果以保護鴞族的力量當作藉口，她就有權利令這女孩多活一秒鐘吧？

魔法、利刃、箭頭接二連三，雨水沾濕了羽毛，任憑照夜再怎麼拉著露絲亞，沉重的羽翼也沒辦法再次高飛，最後她只好緊緊摟著露絲亞，用身軀硬生生擋下大部份攻擊，拼盡氣力半飛半跑。

「為什麼……究竟為什麼——」露絲亞一邊奮力掙脫照夜的懷抱，一邊聲淚俱下，大惑不解。

對了。

究竟為什麼攀山涉水，也想知道露絲亞過得好不好呢？

為什麼即使豁出性命，也要守護一個人類？

因為她是鴞族的重要祭品？因為這是角鴞委派的任務？當然也有這部份原因在，照夜前思後想，果然純粹只因為——

她希望看見孩子活下去的未來。

她不願再有孩子在她面前死去了。

照夜曾經以為露絲亞一直被瞞在鼓裡，全情投入為鴞族奉獻很悲哀，直到現在照夜才醒悟，最投入這場家家酒的說不定是她才對。

可是，她一點都不後悔。

她很感激那時候露絲亞恰好給她一記微笑，為她生無可戀的人生找到一個殘存於世的藉口，她現在對露絲亞那麼執著，或許僅是出自於當年自己沒辦法保護孩子的遺憾罷了。

此時勇者團四人趕至，艾蜜莉二話不說再次彈出的念珠，一個個大大小小的圓形牢籠沿途追擊墜落，將照夜與露絲亞的去路一一攔截。

「嗚！」只是稍微碰上牢籠欄柵，照夜便遭神聖的力量灼傷般，最終難以再硬撐下去，軟跪在地。

露絲亞並沒有趁機離開，她焦慮地跪在照夜身旁，卻始終不知道該不該出言慰問。

照夜倒是不在乎，伸出手輕柔拭去露絲亞臉上的污泥與淚痕。

總算看見這孩子真實的情緒呢，畢竟這孩子一直以來都很倔強……雖然難得，但照夜還是比較喜歡她的笑顏。

不過恐怕再也沒機會看到了啊……

照夜用力猛推，露絲亞一個腳步不穩撞進了牢籠，半開的欄柵似是有感應般立即封閉起來。

露絲亞趕緊爬起卻發現為時已晚，一支利箭早已從照夜的胸口穿出，殷紅的鮮血大肆渲染潔白的蝴蝶領帶。

一籠之隔，露絲亞怔然落淚，照夜努力微笑。

「對不起。」

不論是現在沒辦法保護她離開險地。

還是自她懂事開始便再沒有對她敞開心扉。

道歉過後，照夜倒下，密密麻麻的牢籠之間，只剩一隻小小的麻雀伏在地上一動不動。

啪躂。

耳畔再次響起清脆的碎裂聲響，方才的陌生女僕清晰地在露絲亞的記憶中浮現。

暖烘烘的大廳裡、積雪的通道上、廚房的焗爐前、感冒時的睡床旁邊——一幕又一幕的相處片段逐漸湧現，天藍色的眼睛訝然圓瞪。

「照……夜？」

看著柵欄外的麻雀屍體，露絲亞喃喃唸出久未呼喚的名字。

為什麼？

那麼重要的人，為什麼她會忘記了？

啪躂、啪躂、啪躂。

伴隨碎裂聲，露絲亞身上的裂紋逐漸擴大，同時更多的記憶湧入腦海。

白雪；血祭。

日晝；永夜。

蔚藍的天；極光的綠。

甜蜜；苦澀。

孤獨；牽絆。

承諾；遺忘。

腦海中閃過一幕又一幕的人和事，露絲亞倏地發現，在魔界中她一直被善待，才不是什麼奴隸。

可是，為什麼她怎樣也記不起，記不起最關鍵的那塊拼圖？

她到底遺忘了什麼？

露絲亞處於恍惚之間，全然沒注意遠方的天空一團巨大的黑影漸趨漸近，如此不吉之兆，地上的人類議論紛紛。

猝不及防一股令人睜不開眼的強風刮過，雨停了。

烏雲不知何時被轟出一個大洞來，陽光重新照耀大地。

「要來了啊。」

堤蓓亦立即現身，提示傑明準備迎戰。

「真正的魔王。」

傑明未有回話，不自覺緊握手中的佩劍，與伙伴們一直緊盯上空。

蔚藍的天空中，輕輕飄下一條灰色的羽毛。

一團黑影以迅雷不及掩耳的速度降落地面，靜默無聲卻更為駭人。傑明未及看清來者，周遭的衛兵與前來幫忙的聖職者連悲鳴也沒哼出，頓已乾枯成骨。

具具骷髏如積木般倒下，廢墟之中，一雙灰黑紋理的羽翼顯然而見，而背負這雙羽翼的正是一名灰髮少年，他那深灰色的眼瞳不帶任何溫度，彷彿視萬物如螻蟻。

剎那間，露絲亞想起來了。

那些應該很重要的事。

還有某位很重要的人。

她因誰囚於魔界。

她對誰笑。

她背著誰哭。
她曾牽著誰的手。
她曾被誰緊擁入懷。
因誰痛。
為誰愛。
直到露絲亞重遇灰林鴞，那塊缺失的拼圖終於拼回來了。
「是、魔王大人……」

第5章 真相與抉擇

第5章 真相與抉擇

魔王灰林鴞，攜同絕望與噩夢般現身於人世。

勇者團始終在危機四伏的環境遊歷多時，就在黑影驀然消失於遠方的一瞬間，艾蜜莉與翠西立即詠唱展開防禦，一道厚厚的幻象圓頂不斷伸延。

要趕快。

儘可能覆蓋更多的人──

啵。

倏地，防禦被抵消了。

毫無衝擊、不曾出現一下碰撞，她倆連抵擋過什麼也未及看清，幻象圓頂已像泡泡一樣被戳破了。

這是、怎麼回事？

艾蜜莉與翠西茫然回神，目及之處一片死寂，防禦範圍以外屍橫遍野，只有念珠牢籠內的露絲亞仍然倖存，唯獨她狀甚痛苦，捂住胸口緩緩倒下，似乎體內有什麼正折磨著她。

「魔王、大人……」

露絲亞意識迷糊，喃喃呼喚站在不遠處的灰林鴞，聲線虛弱卻震懾全場。

沒有壓境的大軍也沒有後來的增援，由始至終只有灰林鴞一人而已——然而光只有他一人，那從容不迫的姿態足以令誰也不敢輕舉妄動。

可是，這就不對了。

「魔王、不是已經被我們殺掉了嗎？」艾蜜莉的綠眸全然藏不住震驚與錯愕，如果眼前這名灰髮少年才是真正的魔王，那麼他們當初在魔王城高塔上合力打敗的那位又是誰？

「多半是替死鬼吧？我們太大意了。」灰林鴞的出現不僅象徵勇者團前功盡廢，也直接害整個城鎮的人陷入險境，翠西咬牙切齒，握緊魔杖重新詠唱，編成麻花辮的深藍長髮與衣襬頃刻無風而逸。

「管他是什麼鬼——」東尼話音未落，已奮不顧身朝灰林鴞衝去！「統統給老子消失就對了！」

他勇往直前，沿途隨手便拾起念珠牢籠，接二連三猛丟到灰林鴞面前。

顆顆牢籠逼近，灰林鴞仍然臉不改容。

羽翼一撥，劃風無聲。

沉重的圓形大物彷彿只是氣球，輕輕的隨風飄逸，以氣力自傲的東尼完全始料不及，眼睜睜看著牢籠全數反彈回來。

嘭——

他手忙腳亂匆匆接下，可惜腳下的石板街道承受不住重力先遭壓垮。

不好了！東尼腳踏一空失去平衡，飛來的牢籠立即層層疊疊堆到他身上，將他困在瓦礫堆裡，霎時無法脫身。

不過，這已成功為伙伴爭取時間了。

倏地上空閃現光芒，灰林鴞緩緩仰望，一個結構複雜的大型魔法陣便映在深灰眼瞳裡。

及後，火苗如箭雨般落下。

「別旨意逃了！」

艾蜜莉憤然把念珠一揚，數十條由白光化成的鏈條瞄準灰林鴞直奔過去！

魔王身處的地方，頓成一片火海。

光鏈的另一端的確緊緊束縛著什麼，可是濃煙飄揚，在看清形勢之前，艾蜜莉未敢鬆懈。

「等等、這是——」

正當她全神貫注盯著前方，豈料耳畔卻傳來翠西的驚叫。

多個小巧的魔法陣環繞翠西身上逐漸形成，那個陣式、不就是翠西剛剛所使用的——

剎那間，恐懼在心臟轟然乍現。

一瞬間習得別人所學，甚至更勝一籌。

所謂魔王，究竟是什麼怪物了？

突然，光鏈傳來動靜。

艾蜜莉目睹光鏈污染成十多條紫黑毒蛇，衝破濃煙，朝她張口而噬，她才驚覺自己根本沒有多餘心力擔憂別人。

火苗掃射、毒牙猛咬。

天空蔚藍，兩個女生的身影分別倒下。

翠西與艾蜜莉千鈞一髮展開防禦，恰好趕及守住致命位置，遺憾仍然身受重創，看來一時三刻無法還擊。

濃煙散去，灰林鴞始終絲毫無損，不費吹灰之力打倒了甚具名望的勇者團，倖存的眾人只懂愣在原地不寒而慄。

彷彿總算把小小的障礙剷除了，灰林鴞急不及待展翅滑翔，飛往露絲亞身邊。

少年的腳化成鳥爪，伸向少女所囚禁的牢籠。

噹！

闊別多時的重逢，最終被一道銀刃阻隔開來。

剎停、閃身，灰林鴞及時躲開著陸，臉頰同時微微傳來疼痛——集合勇者團三人之力仍久攻不下的魔王，終於掛彩了！

冷峻的臉龐上滲現一道淺淺的血痕，灰林鴞那雙幾近目空一切的深灰眼瞳，終於直視露絲亞以外的身影。

傑明擋住灰林鴞的去路，整柄佩劍淡淡散發著光芒。

「真正的魔王——發動血祭的人就是你嗎？」

縱使灰林鴞沉默不語，答案亦不言以喻。

破落的房屋、沖天的濃煙、零星的火勢與燒焦的氣味，當天歷歷在目的畫面重現眼前，而造成這一切的元凶如今終於現身——傑明卻擠不出一絲憤怒。

該有的情緒無法展現，傑明頓時焦躁不安，毅然緊握佩劍衝前。

眼看敵人持械衝來，灰林鴞只是默默抹去臉上的血，隨意甩到一旁的亂石上，就這樣誕生了一頭石牛。

這隻是、那時候的——傑明看到似曾相識的魔物，立即恍然大悟。他們一行四人之所以能夠安然抵達魔王城，迅速找到露絲亞，原來是因為這傢伙從中作祟嗎！

石牛取代了灰林鴞的身影，衝進傑明視野，沙石殘磚堆成的蹄咯咯作響。

強敵當前，傑明不選擇與它糾纏。

腳跟一旋，他全力奔向附近的瓦礫，在斜塌的木柱上借力仰後翻騰，再次落在灰林鴞面前，把他當成肉盾擋住後方窮追不捨的石牛。

不僅重新阻撓對方靠近露絲亞。

同時逼得對方把石牛瓦解變回亂石。

「就是你害露絲亞變成這個樣子嗎！」

傑明夾帶著質問猛烈進攻，灰林鴞依舊不哼一聲。

筆直的劍刃肆意揮舞，最終陷在彎曲的利爪裡。

灰林鴞看準時機，箝制了傑明的攻勢，鳥爪借力一繞，佩劍赫然脫手飛出，深深刺進遠處的一堵牆壁上。

傑明未及回神，駭人的、屬於猛禽的爪同時撲臉而至。

灰林鴞抓緊傑明的頸項，猛力將他按倒在地，打算施以最後一擊——

「堤蓓！」

傑明伸盡手臂大喝一聲，佩劍竟然自行拔出，直直朝他掌心飛去，瞬間逼退正要狠下毒手的魔王。

才剛脫險，傑明已立即重整旗鼓迎擊，未料對方根本無心戀戰。

灰林鴞躲過橫飛而來的佩劍，亦終於從傑明的死纏中找到空隙，二話不說連人帶籠直接抓起，展翅高飛！

可惡！難道要眼睜睜看著那混蛋逃了嗎——

「傑明！」

千鈞一髮，東尼終於從瓦礫中脫身，並朝傑明用力丟出各種雜物。

傑明不問情由便邁出腳步，同時腳底出現魔法陣，身體頃刻輕盈起來，彷彿乘風而行。

「可不能讓那混蛋逃掉！」不遠處的翠西大聲叫嚷，她經由艾蜜莉全力治療，恢復成可以勉強詠唱的程度。

同伴的及時支援成了最後機會，傑明在半空中的雜物之間來回跳躍，真的被他成功追截灰林鴞。

「你打算利用露絲亞幹些什麼！」傑明窮追猛打，內心的疑問亦順著一記又一記的砍劈發洩吼出。「你把每一個人都變得不幸，究竟有什麼企圖——」

「我有必須守護的事物。」

終於，灰林鴞淡淡開腔。

「你也一樣吧？」

話畢，他羽翼一顫，羽毛飛散開來，赫然在半空化成手持鐮刀的烏鴉，了無生氣的死神大軍詭異降臨。

糟了——傑明只顧回望滿目瘡痍的城鎮，未及察覺利爪再次伸往他的咽喉！

「不要⋯⋯」

殺意沸騰的一剎，爪下的籠內傳來求饒，虛弱得只有身為鳥類的灰林鴞聽得見。

「別傷害他們⋯⋯」

心念一轉，利爪化回少年的腿，灰林鴞用盡全力踩在傑明的胸膛上。

「嗚！」突如其來的悶痛害傑明失去平衡，他止不住跌勢，連同投擲到空中的雜物一起掉落，幸而翠西的魔法消失前恰好替他卸下大部份衝力。

傑明從亂石與雜物中狼狽爬起，欲要趕緊迎戰烏鴉軍團，豈料他支起身子抬頭仰望，空中只有灰灰黑黑的羽毛在飄蕩著陸，駭人的局面沒有如預想般展開。

被聲東擊西了嗎？一雙茶目緊盯著天空，魔王的身影早已杳然無蹤。

與此同時，傑明驀然發現手中的佩劍正微微抖動。

「嘖……」他不忿地握緊手腕止住顫慄，不願相信自己正在惶恐。

比起在魔王城塔頂遇到的傢伙，那一役完全不能與剛才的相提並論，雖然只交手了一下，可是傑明已經切身感受到，灰林鴞根本未盡全力。

被堤蓓說中了。

他根本沒有打倒真正的魔王——

「喂！」

東尼一聲呼喝，拉回傑明思緒，只見他怒不可遏地跑近，緊隨其後的還有艾蜜莉，她有點吃力地攙扶著重傷的翠西姍姍走來。

「你不是已經證實過露絲亞是人類嗎？為什麼她要破壞城鎮！」

「露絲亞的確是個人類，從她沒被我一擊砍殺這點看來應該不容置疑。」傑明猶疑了半晌，才鼓起勇氣續說。「可是，她也不是絲毫無損，她的胸口留下了紅痕——」

幾乎是立即，東尼按捺不住揪起傑明衣領。

「這種事你幹嗎不早點說！」

「我也是今天才知道，即使如此兩年來也相安無事不是嗎！」傑明始終相信露絲亞沒有想過要傷害他們，會隱瞞大概是因為更純粹的原因。「再者露絲亞跟我說了，劍痕是在悼念日後才有變化，一定是最近再有什麼衝擊——」

「說不定是因為——」艾蜜莉驀然佇足，她彷彿想到了什麼，難以置信地半掩嘴巴。「那天我對她施予過『祝福』……」

「這就成立了。」翠西忍耐著身體各處傳來的灼痛，努力保持清醒解說。「如果她體內藏有魔族的力量，或是曾被魔族施放過什麼魔法，神聖的祝福便會反過來成為負荷。」

然後再加上劍痕，平穩安逸的生活就此逐漸破碎。

疑問才剛解開，更多的衛兵在此時終於趕來，沒想到這次連領主也現身了。

「給我統統抓起來！」

更沒想到領主一聲令下，衛兵便立即把勇者團四人重重包圍，沒收他們的武器，強行押到領主面前。

「你們幹嗎抓我，我們可是掏心挖肺保護大家耶！」唯獨東尼情緒仍然相當激動拒絕被抓，隨手揪起巨型招牌欲要丟出。

「冷靜點，要是你砸傷領主或衛兵，那就真正扛上罪名了！」翠西及時揚聲阻止，何況會演變成如斯局面的確是他們百密一疏，被怪罪也理所當然。「要是你坐牢或是死刑，你父母要怎麼辦？」

翠西所說的不無道理，東尼咬牙切齒吞回怒火，把招牌重重插進地上，乖乖就範。

「我——非常相信你們。」領主手杖撐在身前，語調平和，神情卻不怒而威。「可是這個慘況，如果你們沒辦法給出一個令民眾滿意的交代，恐怕我再多信任，你們亦性命堪憂。」

「真正的魔王終於現身，我們應該趕快進行討伐才對！」傑明難以理解領主的做法，嘗試據理力爭。「只要打敗了魔王，那時候任宰任殺悉隨尊便！」

「不僅魔王尚未討伐，還把潛在的危機帶回人間，你們總得為自己的過失負上責任。」領主用手杖的末端直指勇者團一伙，語調也明顯加重。「並不是舉著正義的旗號，我就能立即放行，你們如何保證這趟真的是亡羊補牢，而不是畏罪潛逃？」

「畏罪潛逃？那你們有誰願意去那個不見天日的鬼地方，與剛剛一瞬間就搞得屍橫遍野的怪物對決？站出來就行了！」東尼即時張開臂彎邀請新的勇士登場，一如所料等了良久亦未見有人邁出腳步。「就只會出張嘴，別浪費時間了，我們不可能白白放過那可恨的傢伙！」

「保證……領主您要的是一個保證，對吧？」翠西拼命思考對策，遺憾他們實在沒有任何瑰寶或財產，她猶疑良久，終究只能出此下策。「就以孤兒院的孩子，還有東尼家的烘焙屋作為籌碼，假如我們未能在限期內帶上魔王的首級回來，他們就任憑處置如何？」

「這只是把更多無辜的人牽連進來而已，你們於心何忍？」豈料，領主並不滿意這個方案，傷害平民只會害他聲譽有損。「何況剛才的打鬥，你們都看清楚了吧？除了跟刃精靈大人結下契約的傑明，我們都沒人能與魔王匹敵。」

「領主，你的意思是——」

「只派傑明一個討伐魔王。」終於，領主吐出他真正的企圖。「未能在限期內帶上魔王的首級——還有那魔女的首級回來，勇者團各人就任憑處置。」

魔女……是指露絲亞嗎？

直到這刻，勇者團才終於領悟過來。

要傑明孤身一人深入險境，而且設置時限，這根本強人所難。換句話說，領主打從一開始就不打算要他們活著，除非奇蹟出現，是這麼回事吧？

「我願意替露絲亞承擔所有罪孽，留下來照顧好每一個傷患，為她贖罪。」艾蜜莉早已深感自責，即使明知領主的意圖，仍搶先同意了方案，下跪道歉。「身為姊姊、身為勇者團的一員，我竟然從未察覺露絲亞有何異樣，我的確責無旁貸。」

東尼抓緊傑明的肩膀，迫近質問：「傑明，辦得來吧？」

取下露絲亞的首級，辦得來吧？

聽明白伙伴的弦外之音，茶目游離不定，傑明無法直視眼前這位出生入死的好兄弟。

「大家的性命都交到你手上了，你還在磨蹭什麼！」東尼看穿了他的猶疑，非常氣憤。「要是辦不到，由我來辦就好！」

的確，沒時間猶疑了。

傑明抓緊了劍柄，深深吸了口氣，淺茶色的眼睛再次張開時多了一份堅定。

「我明白了，交給我吧。」畢竟他們也只能這樣賭了。

領主寬容地給予準備時間，傑明依照翠西的指引回到孤兒院，把所需物資儘量帶上，城鎮的魔法使便拿出了一張破舊卷軸，放在傑明面前。

「有時候我會太武斷、東尼會太莽撞、艾蜜莉會太執著，雖然你優柔寡斷，但總是恰好為事態帶來轉機。」包紮完畢的翠西，趕在詠唱前一拐一拐走上前，對傑明作最後叮囑。「因此——不必顧慮太多，只要是你認為正確的事情和答案，那我一定會相信你。」

翠西退開，魔法使唸咒。

耀眼光芒一閃而逝，傑明挪開擋住強光的手臂，霎眼之間已夜幕低垂。

他認得這裡。

這裡是某個被勇者團直搗黃龍的魔族巢穴，那份傳送卷軸正是在這裡拾獲，沒想到僅隔兩年便派上用場。

當初破壞的敵陣，如今仍然是一片廢墟，傑明熟練地整頓一下裝備，便從岩石空隙間攀爬而出，著陸在柔軟的雪地上。

放眼展望，杉林茂密參天，今夜星空璀璨。

「明明是個臭名遠播的地方，風景倒是如詩如畫呢。」

驀然一把幼嫩的嗓音響起，傑明訝然望向身旁，險些驚叫出來。

「堤蓓？」她什麼時候跟過來了，不是被領主沒收了嗎？

「怎麼了？你該不會認為翠西真的就只會說一堆無意義的肉麻話吧？」堤蓓看到傑明大驚小怪的模樣，倒是一臉鄙夷。「還是說你認為這些年來的白工粗活，對那些平民而言真的毫無價值啊？」

言下之意，是因為許多人在默默支援，堤蓓才能暗度陳倉回到他手中嗎？

「我也是萬般不願啊——」大概是察覺到傑明的恍然大悟，堤蓓趕緊厭惡地擺擺手。「可是在契約解除之前，我也必須和契約者共同進退而已。」

「那還真是謝謝了。」傑明沒有戳破堤蓓的裝腔作勢，只默默苦笑，總之這趟行程未至於孤身一人，他頓時安心不少。

「沒想到那麼快便回來——魔界。」

「妳知道嗎堤蓓？」傑明正在重新適應雪地，專注拾步而行，不自覺把一直壓抑下來的感受說漏了嘴。「我覺得在人間那些平靜歲月才像個夢，對我而言這裡才是現實，我從來沒有離開過這裡。」

在混沌的世界裡待久了，靈魂便彷彿迷失在陰霾之中，再也喚不回來。

「你的決定我不會有任何意見，但是你真的知道該怎麼做了嗎？」堤蓓凝望他的側臉良久，決定不給予多餘的憐憫，直截了當地問。「你找到那女孩以後，要是沒辦法拯救她，那時你捨得下手嗎？」

「我不知道……畢竟也只能孤注一擲了。」

沒錯，無論是討伐魔王、拯救露絲亞、抑或釋放勇者團，如今也只有這步可走，他會拚命思考直到不得不作出抉擇的一刻為止。

傑明在白茫茫的雪地烙下一列伶仃的足印，再次踏上名為勇者的征途。

※　※　※

群星耀目，極光婀娜。

一隻巨型貓頭鷹飛越夜空，徐徐降落在魔王城的高塔上。貓頭鷹鬆開爪子，輕輕放下一個圓形牢籠，同時收起翅膀著陸，龐大的身軀乍然飛散。

紛飛的羽毛中，灰林鴞站在雖遠猶近的距離，凝望牢籠裡瑟縮而坐的露絲亞。

「露絲亞……」

熟悉的聲音輕柔喚醒疲憊不堪的靈魂，露絲亞挪動了一下，緩緩從臂彎中抬起頭來，金白色的長髮便一絲一縷的從肩膀垂落，整個情景猶如當年在西翼庭園時無異。

唯一不同的是，那雙天藍色的眼瞳變得茫然空洞。

「是魔王大人呢，好久不見！」

露絲亞擠出笑容，精神抖擻地打招呼，那種若無其事的態度反而更令灰林鴞無所適從。

「不知道魔王大人這兩年過得好不好？我啊，在人間過得挺快樂的。

對了對了，除了蘋果派，魔王大人知道焦糖蘋果嗎？這是我在翠西工作的孤兒院幫忙時，那些孩子告訴我的，後來機緣巧合吃上一顆，那甜滋滋的味道真是驚為天人！

說來魔王大人不要驚訝，這段日子我還在東尼家經營的烘焙屋打工啊！由麵粉搓揉成一個個麵團比想像中費勁，不過打開焗爐的那刻，看到熱呼呼、圓滾滾的麵包，總是有種說不出的滿足。

回想起來我在人間每天都過得很充實，主要原因很可能是傑明吧？他總是拉著我東奔西跑到處見識，希望我不要一輩子跟著姊姊在修道院深居簡出，至少要先接觸過外面的世界再作決定。

說實在，我不知道家人應該是什麼模樣，不過艾蜜莉的確是個好姊姊吧？雖然她最後還是沒辦法接受我，不過她真的盡力了……回到人間以來她一直無微不至的照顧我，就像照夜

那樣──

而這樣溫柔友善的大家，都因為我，現在死的死、傷的傷。」

歡樂的日常接上慘絕人寰的轉折，默默聆聽的灰林鴞不禁訝然回神。

「這不是妳的錯，是因為鴞族──」

「不，的確是我錯了。」

未等灰林鴞解釋，露絲亞罕有地斬釘截鐵，把罪過全擁入懷。

「一直以來，我總覺得自己好像缺少了一塊，又或是自己正是多出來的一塊。我是誰？我屬於哪裡？雖然很失禮，每當你們對我好，我真的打從心底高興得不得了，可是內心深處又會忍不住疑惑──

為什麼你們願意溫柔接納我這種格格不入的人？

如果我表現得不夠好，你們會不會把我丟下？如果我沒達到你們的期望，我是不是會被厭惡？我努力擠出笑容，虛偽地討好身邊的人，因為我好害怕沒有人需要我──

因為我沒有可以回去的地方了。

無論是魔界還是人間的各位，我都最喜歡了，好想一直和大家一起。在魔王大人身邊的時候，我真的很榮幸可以為你奉獻──而全心全意的結果，就是把你徹底壓垮了，令你寧願一個人背負重擔，也不再需要我。

回到人間，既然通過堤蓓大人的考驗活下來，說不定我真的可以成為普通人，平平凡凡活著、普普通通地老去吧？強行留在大家身邊的結果，就是害慘了城鎮每一個人、把他們好不容易給予的信任糟蹋了。」

在魔界，露絲亞是待宰的人類。

在人間，她則是被魔物養大的孩子。

複雜不已的身份，身邊卻屢屢出現真心誠意善待她的人，這份幸福太虛無縹緲了，露絲亞不敢抓緊，也不知如何抓緊，彷彿稍有不慎整個美夢便隨之粉碎幻滅。於是她盲目付出，渴望永遠成為大家印象中的乖孩子——

結果這個陰謀，被傑明戳破了。

被當面指責她從來沒有相信任何人的一幕不停在腦內重播，露絲亞才驚覺自己如他所言，一直在逃避。

利用犧牲，逃避那個被遺棄的可能。

「對不起，我不應該心存僥倖；對不起，或許我該對你們多一分信任；對不起，要是我能夠再堅強一點不依附任何人，都會出現截然不同的結局吧？可是、可是——」

露絲亞說到最後，那抹總是甜膩膩的笑容驟然消失，她停頓了好久來平整情緒，遺憾一開腔，淚水頃刻大顆大顆洶湧而出。

「我真的、不想再被遺棄了……」

少女的身軀滿佈裂紋脆弱不堪，不曾向任何人坦率的那些想法，不曾表現的那份孤寂，此刻徹底暴露在灰林鴞面前。

是這樣嗎？

原來是這樣嗎？露絲亞。

苦等那麼多年，終於聽到露絲亞深藏已久的心底話，灰林鴞欣喜若狂卻又悲從中來。

「對不起，是我錯了……是我錯了！」當天灰林鴞不忍殺死露絲亞，放手還她自由，原來在她眼中是被遺棄，即使封印了記憶，那種飄泊無根的不安仍然如影隨形，甚至慢慢侵蝕內心。「從今以後我會一直在妳身邊，誰也不能再傷害我們，露絲亞——」

灰林鴞許下不離不棄的諾言，不論他們即將面對的是毀滅還是重生，都會永遠永遠在一起。

可惜，事情並沒有那麼單純。

「魔王大人，你知道什麼是血祭嗎？」

露絲亞淒然笑問，灰林鴞腦內洞然一片空白，無言以對。

「那些人從未跟魔王大人碰過面也不曾聊天，像是我的爸爸媽媽，他們都因為鴞族而死了。而倖存下來的人，像是東尼的父母、像是傑明，他們永遠也沒辦法打從心底接納幸福，永遠背負著思念與內疚過活。

破壞了那麼多家庭，扭曲了那麼多人生，全都是因為鶚族需要承傳力量——這些，魔王大人早就知道了麼？」

只見天藍的眼眸不怨不恨，內裡只充斥著心碎與不解，灰林鴞多年來不敢坦誠的秘密，如今終於無所遁形。

「因為我也沒有令妳不離開我的自信啊……」隱瞞到最後，灰林鴞只能哽咽地承認自己的自私與脆弱，全然沒資格奢求得到原諒。

他跟露絲亞的心情如出一轍。

天天夜夜在彼此身邊，卻終日惶恐會遭對方遺棄，他們竟然相愛得如此諷刺又卑微。

醜陋不堪的真相揭曉，露絲亞會失望嗎？會躲得遠遠嗎？明明眼前的女孩被牢禁籠中，灰林鴞仍然有種錯覺，露絲亞即將消失不見，再次成為他沒辦法觸碰的存在。

「魔王」再也不是露絲亞的世界、她的唯一。

「露絲亞，不要離開我……」

「不、不要靠過來！」

灰林鴞的手化成鳥爪，欲要破壞念珠牢籠，豈料露絲亞大聲喝止了。

未及解釋更多，露絲亞已狀甚痛苦捂住胸口。

呼呼——

一股無形的重力從籠裡猛然釋放，地板遭壓出坑洞，四周的石柱紛紛落下如雪紛飛的灰塵，露絲亞的力氣彷彿一瞬間遭抽空，她軟軟攤倒籠中，從胸口擴散的紅色裂紋終究攀附到臉頰上。

「我不想把你變成怪物，真的、不要過來，求你了不要過來……」

「好，我不會觸碰妳，求妳不要離開我……不要再離開我……」灰林鴞跪在籠前卑微央求，他已經受夠了那種令人行屍走肉的寂寞，不想再硬撐了。

「怎可能離開呢？畢竟我是那麼喜歡魔王大人啊？一直一直、最喜歡灰林鴞了呢……」話畢，好不容易止住的淚水又再奪眶而出，愛與內疚糾纏交疊勒緊心臟，露絲亞無力反抗，只能沒轍苦笑。「所以、我該怎麼辦才好……」

原來她喜歡的人、他們能夠相遇、他們的愛情全都建基於一場殘忍的屠殺。

被命運作弄的少年與少女，以一籠之隔飲泣吞聲。

縱使找到魔女的故居，得到了線索，卻注定解不開那個詛咒。

這份強奪而來的力量能不能征服世界呢？灰林鴞只知道它將要壓垮他們。

正當二人籠罩在悲傷之中，祭壇入口的木門被推開了。

「陛下，冒昧打擾了。」

即使灰林鴞背向門口，角鴞依然一絲不苟地朝他敬禮。

「西面駐守的鷹鴞小隊匯報，邊境有魔獸試圖入侵，請陛下從速指示。」

說罷，角鴞一動不動佇足原地，默默等候灰林鴞差遣。

灰林鴞未有立即轉身回應，繼續自顧自請求露絲亞：「知道要怎麼辦之前，先把性命留著吧？不要急著放棄。」

「活下去……之後呢？」事隔多年，面對同一條問題，露絲亞依然未敢猜想自己能擁有哪種未來。

「之後……做一個自己真心願意的選擇吧？不論發生什麼事，我都跟妳一起面對。」即使沒資格和露絲亞一起，灰林鴞也不打算放手了。「我會把一切威脅到我們的事物統統消滅，就算與世界為敵，我也只要在妳身邊。」

交代完畢，灰林鴞毅然站起，他沒有下達作戰指示，而是直接從祭壇起飛。

「角鴞，替我照顧露絲亞。」

他丟下一句簡潔的吩咐，便再次化身成巨型貓頭鷹撲進夜空，角鴞默默朝祭壇外欠身送行。

祭壇陷入死寂良久，露絲亞終於鼓起勇氣向角鴞自首。

「我——沒能帶照夜回來……」

「不只照夜，陛下把城堡大部份的奴僕和士兵都遣散——所有人都不在了。」

角鴞回首直直盯著露絲亞，金黃色的眼瞳依舊靜若如水，唯獨拘謹的腔調隱隱透露著快要抑制不來的怒火。

「妳在人間的日子，陛下以最極端的手法統治著魔界，不論鴞族還是陛下，早晚會被橫蠻無理的手段反噬，但是他不聽勸，不停催逼自已就只因為他不捨得殺死一個人類。」

角鴞看到露絲亞一臉倦容，顯然也有點失去耐性，索然把心底的想法發洩出來。

「不要跟我說妳很痛苦，這一切都是因妳而起。妳該最清楚力量失控的情況，即使陛下不取回力量，妳早晚也會邁向死亡。如果要我提議，我會說及早取回屬於鴞族的東西，可惜陛下根本不會採納吧？

明明他是個聰明的孩子，卻不知為何對一個人類如此執著。我一直在想，是不是有哪裡做錯了？我早就該把妳折磨得生不如死，好等陛下狠下心殺掉妳？還是堅持不讓你們見面？

妳根本沒辦法想像妳在人間這兩年，陛下過的是什麼生活。陛下很重視妳，甚至捨棄了家族引以為傲的力量，背負眾人的指責來還妳自由，他是魔王，他從來都不需要這樣卑微。

說了那麼多，其實我只希望妳不要做一個傷害他的決定。

現在妳沒有影響周遭的一切，是因為這個籠擁有聖職者設下的結界，暫時把外洩的魔族力量困住，如果恣意讓力量失控，現在的妳，大概隨便就能把這座城堡移平了吧？

縱使妳死亡是既定事實，但妳同時也擁有了為親友報復或是為陛下貢獻的決定權。雖然陛下說過妳只要做一個真心願意的選擇就好，可是別忘了——

陛下由始至終，只選擇妳一個而已。」

說罷，角鴞頭也不回轉身就走，遺下露絲亞一人在空蕩蕩的祭壇。

怨言背後，蘊含著角鴞無可奈何的妥協。

當祭品不再崇拜魔王、當魔王只願與祭品廝守，鴞族再也沒有任何籌碼逼迫別人主動奉獻。

從前的露絲亞，大概會毫不猶疑要求灰林鴞殺死自己、奪回力量，然而現在她擁有了魔王以外的世界，獲知了更多選項。

露絲亞很喜歡灰林鴞，不可能親手把他殺死。

可是，如果要將鴞族的力量無償交還，她也做不到。

露絲亞疲憊不堪仰天平躺，視線越過欄柵，只見今夜漫天星辰，遺憾沒有一顆星光能指引前路。

到底她該如何是好？

我們每一個人都遍體鱗傷，究竟怎麼選擇，才能獲得救贖？

※　　※　　※

不知名的晃動又來了。

自從傑明潛入魔王城，不時會傳來晃動，有時會強得快要天崩地陷，有時弱得彷彿只是休息不足暈眩了一下，實在難以預料。

現在，傑明恰好避開倒塌下來的石柱，躲在暗角靜靜等待這波晃動過去。他看著無處完整的堡壘，雖然上次在這裡沒有逗留很久，可是與當初比較起來，現在似乎更破爛了一些，這座城堡似乎自那天起便不曾修復。

不只魔王城，甚至整個魔界都比他印象中更冷清，沿途都沒碰見幾個魔族，雖然不知道是怎麼回事，總之對單槍匹馬闖入魔界的傑明而言，就是一件不可多得的好事。

反正沒時間探究那些有的沒的了。

想到仍然在城鎮等待救援的伙伴，傑明撇撇頭要自己保持專注，他輾轉再一次走進謁見廳，隱藏通道前仍舊是那堆曾經化成牛，拐走東尼的亂石。

他繞過亂石拾級而上，推開頂端那扇半掩的大門，似曾相識的一幕便重投眼簾。

高塔之上，月色朦朧，一個圓形牢籠擱在中央。

「露絲亞！」

目睹籠內奄奄一息的少女身影，傑明渾然忘掉他的任務，趕緊上前確定對方安危。鮮紅的裂紋幾乎遍佈了露絲亞整個人，長長的金髮掩蓋住她大部份臉龐，只見她氣若游絲呢喃了一下，可惜聲音太小了，傑明聽不清她說什麼。

「露絲亞，妳還好嗎？」

「別……快逃……」

警告傳達成功的一剎，殺意亦隨之閃現身後！

噹——

傑明未及反應，手裡的佩劍已自行向後揮劃，恰好割斷了偷襲的螳螂臂膀。

危機還沒解除。

傑明警戒轉身，赫然發現周遭早已滿佈毒物魔蟲，角鴞則站在祭壇的最後方，堵住唯一的樓梯出入口。

「人類簡直像蟲子一樣，真難纏。」角鴞表情充滿厭惡，彈指之間，毒蟲爭先恐後撲向傑明。「不論你有什麼理由，也不可能帶走那女孩，因為她是陛下重視的東西！」

各種肢節咚咚啪啪駭然作響，傑明處變不驚，將劍身抵在額前，佩劍微微散發光芒。

口器猛張，鐮牙迎入皮膚之際，傑明倏地動身。

銀刃如迅雷如閃電，以傑明為中心遊走一圈，毒蟲頭部紛紛落地。

趁現在——傑明看出角鴞百密一疏的空隙，趕緊乘勝追擊衝過去。

豈料佩劍往上一擋，茶目愕然仰望，便見那個獨自闖進城鎮的少年再次出現——亮出利爪，帶著殺意現身。

「想要聲東擊西嗎？」堤蓓罕有現身，浮在灰林鴞身旁輕蔑打量了一眼，露出不懷好意的笑容。「不好意思，剛好二對二呢。」

眼見敵人偷襲失敗，傑明趕緊還擊逼退對方，灰林鴞在空中往後一躍，旋即降落在圓籠前方，把露絲亞與傑明重新隔開。

著陸一刻，羽翼一顫，黑色的烏鴉軍團，還有角鴞召出的毒物大軍將傑明重重包圍。

「契約者傑明，依據約定，我現將憤怒化成力量歸還於你，願你於魔族面前所向披靡。」

堤蓓話畢，佩劍綻放強光。

傑明沒有朝魔物大軍揮劍，而是將劍刃筆直刺進地面。

劍尖抵地，如雷轟頂。

召喚而來的魔物頓成焦炭，角鴞在電流之間滑翔閃躲，唯獨始終擺脫不了電流包圍，沒辦法配合灰林鴞重整攻勢。

「魔王對嗎？究竟為什麼……」

具具屍骸之中，一個身影突圍而出，竄進灰林鴞視野。

「屠殺村莊，抓來無辜少女獻祭，你們把人類看待成什麼——」

猝不及防距離被拉近，縈繞在傑明身上的電光猶如防不勝防的暗器，灰林鴞躲開了佩劍卻硬吃了電擊，躲開了電擊則遭利刃突襲。

煩人的是，他始終甩不掉傑明那種不要命的死纏。

「你們有何目的，必須那麼殘忍對待我們！」

夾雜著對故人的思念、積年累月的不解、不日不夜的傷痛，傑明連人帶劍撲向灰林鴞。

一股作氣的攻勢，在灰林鴞召出荊棘後化為虛無。

「我沒義務滿足你的好奇心。」

電流化成片片白蝶飛走，鍥而不捨的追問依舊換不來大發慈悲的回答，灰林鴞冷眼看著傑明被荊棘愈纏愈緊，徹底牽制著他的行動。

「何況就算讓你知道了，你又能改變些什麼？我現在憑什麼信任你會保護露絲亞？」

尖刺貫穿手腕腳踝，傑明咬緊牙關吞下痛吟。鮮血沿著劍鋒滴落，把荊棘灌溉得更茂盛，快要淹沒他整個人。

「你究竟為何而戰？你執著的正義又是什麼？打著拯救大眾的名義宰殺一個無辜少女，你的行為又算得上什麼正義！」

灰林鴞的質問也彷彿化成了荊棘，一字一句刺進傑明內心。

傑明不自覺把目光投放到戰局之外，在左穿右插的尖刺之間凝望不遠處的牢籠，視野逐漸模糊。

思考吧，傑明，除此之外真的沒有其他方法了嗎？

可以的話，他也不想手刃露絲亞。

可是，如果露絲亞真的身懷魔王力量——

就算說不上正義，如果、可以拯救同伴，血祭也可以因此終結的話……

「傑明——給我振作點！」

堤蓓的怒吼響徹腦海，漸漸散渙的茶色眼瞳頃刻重拾意志。

無論之後作何抉擇，當下眼前只有一件事毫無疑問。

「天底下就你一個沒資格教訓我——」

快要脫手而落的佩劍再次緊握在掌心，劍刃毅然發出刺眼光芒。

「把大家折磨得不似人形的罪魁禍首，不就是你嗎！」

傑明奮力一揮，一道光刃憑空閃出，突破荊棘，直奔往灰林鴞。

灰林鴞展開翅膀，準備躲開威力霸道的強攻——電光火石間，他轉以防禦姿態硬生生迎接光刃。

為什麼？

傑明深感費解之際，才發現答案顯然易見。

光刃的末梢，直抵牢籠。

轟——

無形的利刃撞上灰翼，連同半邊牢籠一併削走。

強得毫無道理的衝擊波從籠內爆出，撞飛牢籠的柵欄、撼破祭壇的圓頂、粉碎半邊城堡、割開雪土與杉林。

天崩地陷，鴉雀無聲，地面的積雪反撲天空，掩蓋月夜一隅。

原本奮力廝殺的勇者與魔族，現全躺於殘破不堪的地板，踉踉蹌蹌仍爬不起來。堤蓓剛才千鈞一髮擋在傑明身前，替他卸走了大部份衝擊，如今只剩她一個屹立在宛如廢墟的祭壇上，呆望那餘下半邊的牢籠，罕有地露出大事不妙的凝重神情。

艱辛爬出。

殘餘的電流繞在歪曲的枝條偶而閃爍，灰燼與白雪交錯之中，露絲亞扶著欄柵，從籠內

「露絲亞……」

「我……真的都有好好思考過了。」

灰林鴞單膝跪地，方才抵擋衝擊波已耗盡了氣力，他只能凝望被鴞族力量折磨得體無完膚的少女，困在原地靜候發落。

「比起和魔王大人相遇相愛，我更希望魔王大人可以沒有任何包袱地活下去；比起傑明迫於無奈戰鬥，我更希望勇者團從來不用冒險，在人間平靜生活——不是乞求你們的關愛、不是索討你們的歡心，一直以來，我都這樣由衷祈求。」

結果，為什麼大家活得那麼痛苦，為什麼？

每挪動一步，身上的裂紋便增添幾分，未幾露絲亞腳步稍停，仰天嘆息。世上千絲萬縷的悲劇，紐結起來，懸吊著少女的心臟。

大家活得身心疲累，不就因為這份沉重得難以承載的力量嗎？

「傑明，容我代魔王大人替你們說聲對不起……雖然我們所犯下的罪不是一句道歉能補償，可是、對不起。」

露絲亞一步一步走向祭壇邊緣，腳底是剛被轟出來的深淵。

「魔王大人……對不起，明明是你的祭品，卻一直沒為你犧牲過什麼……只是，如果要做一個自己真心願意的抉擇，這就是我的抉擇了。」

她轉身望向眾人，寒風吹亂她的金色長髮，卻未能掩蓋她那抹決然的微笑。

「灰林鴞，這次換我還你自由了。」

筋疲力盡的少女輕輕一仰，連同鴞族的力量消失於眾人眼前。

沒有選擇為摯愛奉獻，沒有選擇為親友復仇，露絲亞選擇了以自己的方式，結束這場無止盡的悲劇。

愈來愈遙遠的星空映入藍眸，露絲亞心滿意足地閉上眼睛。

如今她終於確信了。

匆匆一生，她過得相當幸福。

唯獨要說有沒有遺憾……

「露絲亞！」

凜冽的寒風中，一聲熟悉的呼喚伴隨一個溫暖的懷抱撲至，露絲亞訝然睜開眼睛，乍然看到魂牽夢縈的身影近在咫尺。

遺憾的話，大概是從未和灰林鴞好好戀愛過吧。

灰林鴞緊緊擁著露絲亞，失去羽翼的鳥兒無法翱翔，魔王與祭品就這樣直墮深淵。

藍眸湧出痛心與不解。

灰瞳一片憐愛與決意。

露絲亞摒棄了一切，灰林鴞卻誓死相隨。

絕望的是您捨棄我嗎？

是您傷害我嗎？

「……對不起。」終於，露絲亞躲在灰林鴞懷內磨蹭了一下，對他首次撒嬌。

不。

絕望的是，即使您把我傷害得遍體鱗傷——

即使您捨棄我——

灰林鴞寵溺輕笑，把懷中的女孩抱得更緊。

「沒關係，即使妳選擇的不是我——」

我卻依然愛您。

二人決心一起迎來終結，倏地一道淡淡的光芒從他倆心坎散發開來。

一條潛藏在灰林鴞血脈內的盲蛇浮現，纖長的身軀破碎成片片蛇鱗，隨風飛散於身後。

屬於鴞族的力量同時不再紊亂失控，從露絲亞心臟，一絲一縷地回歸到灰林鴞體內。

糾纏鴞族世世代代的詛咒，解開了——

終章 魔王與祭品

終章 魔王與祭品

露絲亞與灰林鴞，雙雙墮進深淵。

傑明費了好一會兒的勁才爬至祭壇邊緣，俯看腳下那彷彿能把萬物吞噬的黑暗，他內心百感交雜。

雖然到最後一刻也沒誰來解釋前因後果，不過藉憑露絲亞的説話，還有魔王不假思索緊隨其後的態度，傑明腦內已默默推敲出一個大概。

「這樣一來——」堤蓓同樣俯首，她本已做好終極一戰的準備，沒想到迎來的會是這種結局，她的表情同樣複雜。「只要下去回收那兩個人的首級，就能功成身退了吧？」

話畢，傑明詫異又不堪地望向堤蓓。

「並不是這樣——」這種説法也太……

「可是也只能如此了不是嗎？我不就一直跟你説，我們不可能拯救所有人。」堤蓓振振有詞，一切已經塵埃落定，要傑明不要再抱有那種天真想法。「換個角度而言，你也毋須親自動手，這樣的結局對你還有那兩個殉情的傢伙，是最完滿的吧？」

傑明欲要反駁，最終卻啞口無言。

沒錯，以他的立場而言是完滿解決事件，他還要奢求什麼——

「哎呀，看來還有瑣碎事未解決呢。」

忽然提蓓望向祭壇，吐出意味深長的提醒。

傑明同樣回首，只見角鴞夾帶著滿腔怒火撲來。

「我可不會讓你玷污陛下的遺體！」

角鴞現在的體力也似乎不足以給他再施以具現化的能力，他雙手化回利爪，以最純粹直接的方式展開攻擊。

「拜託住手好嗎！」唯獨傑明如今經已毫無戰意，只舉劍一直拼命擋格。「我明白你的悲傷，我也同樣失去了重要的人啊！」

「我不需要你那無謂的仁慈！」消極抵抗到最後，角鴞利爪一纏一勾，佩劍應聲飛彈落在遠處，手無寸鐵的傑明則被角鴞拖拉到祭壇的邊緣。「你下去成為陛下還有照夜的陪葬品吧！」

「傑明，呼喚精靈之名，趕快還擊！」面對失去鬥志的劍士，身為武器的提蓓再怎麼厲害、再怎麼焦急如焚，也無法施以更多援手。「傑明——」

背後就是深不見底的懸崖……寒風不斷刮過背脊，吹得傑明心有餘悸，他耗盡僅餘的氣力抓緊角鴞的手臂，彷彿那是最後的救命稻草，可惜抵擋不住仍被利爪用力壓住的窒息感。

正當傑明快要支撐不住，充滿殺意的黃金色鳥瞳忽然充斥錯愕，連帶狠勁也不知不覺放緩。

深淵裡、有什麼……

傑明喘息之際，好奇往後仰望，便見無盡的深淵裡頭綻放出一道強光！

凜冽的風從谷底吹來，未幾漸漸增強，好像有什麼正在迫近——沒由來的恐懼迫使傑明把心一橫用力猛推，連同角鴞一起連滾帶爬，跌坐回祭壇。

如他所料，一個龐然大物從深淵直衝天際，最後重重降落在祭壇中央——

灰林鴞帶著露絲亞回來了！

二人平安無事降落祭壇，唯獨劫後餘生的美好後續並未上演，灰林鴞毅然把懷中的女孩使勁推向角鴞。深灰的眼瞳時而明澄時而恍惚，一雙羽翼隨著力量回歸而重生，卻彷彿不受控制般亂拍亂顫。

「角鴞……請好好照顧自己。」瀕臨失控邊緣，灰林鴞耗盡氣力維持僅餘一絲理智，向角鴞下達最後一次吩咐。「也請保護好露絲亞——」

話畢，萬古不滅的力量吞噬了灰林鴞。

參差不齊的灰黑羽毛憑空湧現，厚厚黏附到少年身上，外觀宛如巨蛋。正當眾人以為巨蛋靜止不動，詭異的靛藍光芒從羽毛的空隙滲現，恍如裂紋一樣。

巨蛋破碎，紛飛的羽毛中，一隻巨型得駭人的貓頭鷹就此誕生。

如貓眼的圓瞳遭藍光蒙蔽，灰林鴞仰天高嘯，淒厲的叫聲響徹魔界，震耳欲聾。

下個瞬間，鳥喙無聲趕此。

「堤蓓——」

大敵當前，傑明終於重拾戰意。他放聲呼喚，堤蓓頃刻閃現於掌心。

噹！

在尖扁而巨大的鳥喙之前，佩劍顯得纖幼無力，唯獨揮出的光刃足以與其匹敵，稍微將其逼退。

灰林鴞環繞祭壇一圈再度折返。

傑明卻已體力透支跪倒地上。

猛禽的利爪，伴隨與針海一樣的羽毛，於月夜之中捲襲而至。

振作……快振作！不然這次真的完蛋了——

呼呼呼——

最終，所有攻勢撞在一個透明的圓頂上，化險為夷。

傑明望向角鴞，只見這個不久之前才要他陪葬的魔族，如今也殊途同歸，用盡氣力抵擋灰林鴞的猛攻……該說，是捨命謹遵魔王的旨意，代為守護著他最珍視的少女。

祭壇久攻不下，無法成為立足之處，灰林鴞轉而展翅高飛，在那死寂的雪林上空盤旋靜候時機，那淒厲詭魅的鳥鳴令人從骨子裡顫慄不止。

傑明重重嘆了口氣，就算危機尚未解除，能夠有些微的喘息時間也很滿足了。

不過，接下來怎麼辦？

思考吧，可不能就此放棄——

「堤蓓大人。」此時，露絲亞驀然開腔，她看著在不遠處虎視眈眈的巨獸，一臉凝重地提問。「有沒有可能，只消滅魔族的力量而不傷害任何人？」

「事到如今怎麼還問這個？」堤蓓一臉懊惱，同樣瘋狂思考接續下來還可以有何對策。「我與傑明的契約妳該清楚不過吧？我們沒辦法不傷害魔族。」

我們沒辦法不傷害魔族……我們是嗎？傑明反覆斟酌這句話，一瞬間，茶眸恍然明亮起來。

找到了。

那個掩蓋在眾多選項中，最關鍵的缺口。

「那麼——如果是露絲亞的話，應該有辦法吧？」傑明走到露絲亞身後，將她推到堤蓓面前。「堤蓓，我想把妳借給露絲亞一次。」

幻彩的眼瞳凝望傑明與露絲亞半晌，堤蓓本想說點什麼，最後卻毅然妥協了。

「那麼，我要收取代價了——」

「不可能！」

準備犧牲的二人正洗耳恭聽之際，角鴞出言反對，重新亮出利爪對峙。

「我可不允許你們對陛下有半分威脅！」

「角鴞老師。」總是對角鴞有幾分敬畏的露絲亞，如今一雙無垢藍眸純粹又勇敢地直直盯著他。「對你而言，什麼才是最重要的？」

鴞族的風光？先王的祖訓？

都不對。

單純不過的問題，角鴞沉默不語，他看著失去理智的灰林鴞，答案早已浮現心坎卻無法言喻。

「只要灰林鴞仍然生存，他一定會想辦法重振鴞族聲威，就如你所說，他是個聰明的孩子——」露絲亞頓了一頓，有點靦腆地苦笑。「而且最喜歡你們了。」

因為總是放不下身邊任何一人，也不願意向命運妥協，今天灰林鶚才會逼不得已迎來這個局面。

「而我呢……也最喜歡魔王大人了，所以請你相信我絕對不會傷害他。」話畢，露絲亞首次主動伸出手，緊緊握住了角鴞的爪，誠心懇求這個總是對她一臉厭棄，恨不得她趕快消失的大哥哥。「請你相信我。」

猙獰的鳥爪，默默化回了人類的手。

角鴞撇過頭去，甩開了露絲亞。

「可別忘了……陛下由始至終只選擇妳一個而已。」

他信任的不是露絲亞。

而是深愛著露絲亞的灰林鴞。

如果要拯救灰林鴞，恐怕這是目前唯一的可行方法，角鴞只能祈求侍奉多年的陛下並沒有選錯人。

露絲亞沒有要角鴞為難，只朝他的背影深深行禮，無聲感謝他的寬容，然後趕緊回到堤蓓面前。

「我就姑且再問一次好了。」堤蓓甩一甩那頭與身高差不多長的曲髮，漫不經心地問。「你們已經有所覺悟了嗎？」

傑明與露絲亞交換一下眼神，不約而同堅定頷首。

「契約者傑明——」堤蓓望向傑明，幼嫩的孩童臉龐相當認真。「祭出你對露絲亞至今及往後的一切感情，藉以換取她一次許願機會。」

代價條件傳到耳內，茶眸訝然睜大，未幾傑明便無奈苦笑，他忽然理解了，為什麼堤蓓剛才會欲言又止。

還真是相當體貼的代價呢……

「樂意至極！」

傑明義無反顧地答應，堤蓓好像暗暗嘆了口氣，也好像沒有，她合上眼睛化成了光，回到劍柄上的寶石裡，靜待二人交接。

「這、代表……傑明要忘記我了嗎？」露絲亞思前想後，還是未能理解這個有點迂迴的條件。

「不，這代表我以後不能喜歡妳了。」

「所以、你是認真……」

「沒錯，一直都是認真的。」

看著面前的女孩恍然大悟，手足無措的模樣，傑明不難想像至今以來的示好都被她看待成輕浮的玩笑。如今只要把堤蓓交出去，這次契約便正式完成，不知道接下來會發生什麼，總之現在是最後機會了吧？

傑明拉過露絲亞的手，一雙茶目既痛苦又溫柔，認真誠懇地好好說一遍。

「露絲亞，我喜歡妳。」

老實說，傑明自認沒有很了解露絲亞，畢竟要怎麼了解一個連本人也對自己身世毫無印象的人？

不過，誰說一定要了解徹底才能喜歡上？他就是喜歡這個女孩開心與否都會微笑面對的那種小逞強，還有偶然會露出破綻，然後無力招架，慌慌張張的表情。

曾經，傑明以為假以時日一定能攻陷露絲亞的心。

驀然回首，原來他倆的時光已經走到盡頭。

露絲亞有點為難又害羞，她張開嘴巴欲要說話，立即被傑明阻止了。

「我都知道了——所以妳不要說對不起，我只是想趁還有感覺的時候，向自己做個交代而已。」傑明攤開少女小巧的掌心，將堤蓓交予露絲亞。「快去結束這場血祭吧。」

傑明欲要鬆手，未料露絲亞反過來緊緊牽住他。

「這次——是我心甘情願的選擇，不是為了換取別人的愛，也不是聽從別人指揮。」當日那些說到心坎的話語，露絲亞努力傳達，她真的都好好反省了。「謝謝你願意陪我思考到最後。」

天藍色的眼眸泫然欲泣，滿載感激之情。

茶目感慨地瞇成一線，傑明釋懷微笑。

及後，少女抽身，攜同佩劍堅定離去。

相牽的手決然分開，指尖無依的一刹，傑明的心臟便不再疼痛。

他目送那個金髮流麗的背影，內心彷彿有某個部份被一併帶走，空洞不已。談不上傷感，講不上悔恨，傑明現在只感作為勇者的漫長戰鬥，終於告一段落了。

「去吧，真正的勇者。」請妳拯救傷痕累累的我們——

帶著人類與魔族的信任，露絲亞再次來到祭壇邊緣。懸崖前她仰首夜空，灰林鴞亦似乎重整旗鼓，俯衝到祭壇。

嘭！嘭嘭嘭——

未等露絲亞整裝待發，灰林鴞已發狂似的不停撞上結界，雖然沒受到正面傷害，可是殘破不堪的祭壇還能抵受多少次衝擊了？

「嗚啊——」

還沒適應佩劍的重量，倏地又一記猛力衝撞，露絲亞重心不穩，旋即跌出祭壇！

唯獨可怕的離心力沒維持多久，她已撲進一個毛茸茸的背部。

「角鴞老師！」

千鈞一髮，角鴞及時化成巨鳥，接載少女滑翔於天際。

一人一鳥衝出結界，祭壇不再成為攻擊對象，灰林鴞轉而對曾經最親近的二人窮追不捨。後方不斷傳來撕心裂肺的怒吼，還有接連不斷隱匿、閃現眼前的突襲，角鴞竭盡所能左閃右避，強風猛烈吹拂著露絲亞一頭金髮。

「契約者露絲亞，妳只有一次許願的機會。」

颼颼風聲之中，堤蓓處變不驚現身，準備進行契約。

「我想救回灰林鴞——」露絲亞不假思索吐出至今以來的願望。「我想消滅在他體內，害大家那麼痛苦的力量！」

「有聽過一命換一命嗎？我想這願望的代價妳付不起啊？」

「沒關係，我是他的祭品，為他犧牲才是必然的事！」

「好吧。」堤蓓沒有苦口婆心勸告，隨口便答應了，唯獨她又小聲補上一句。「不過那笨蛋才不希望是這種結局呢？」

剛剛堤蓓大人有說什麼嗎？風太大了，再加上灰林鴞又再次接近，露絲亞聽不見堤蓓的嘀咕。

「契約者露絲亞，祭出妳餘生的光明，換取目視一切的能力。」

「樂意至極！」

這瞬間，少女手中的佩劍化成光，重組成一把銀弓。

「用盡九牛二虎之力拉弓就可以了。」彷彿早已預料露絲亞對武器一竅不通，堤蓓率先出言安撫。「反正其餘細節，有我——還有妳腳下的雀會協助妳。」

露絲亞聞言，摒棄了那剛冒出苗頭的不安，抓緊了銀弓，全心全意信賴此刻的伙伴。

「謝謝你們！」

彷彿感受到背上的女孩準備就緒，角鴞不再一味兒逃避。

褐色羽翼倏地不再拍打，角鴞整隻巨鳥直直墜向杉林！

身後窮追不捨的身影猛然一閃，霎眼之間便來到他們的正下方。

露絲亞毅然站起，拉弓，本無箭矢的弦上凝聚了顆顆光芒，天藍色的眼睛同化成堤蓓那雙宛如寶石的幻彩眼瞳。

鳥喙張開，準備吞噬獵物。

就是現在——

纖指一鬆，光芒如箭奔馳，不偏不倚命中眉心。

淒厲鳥鳴響徹夜空，巨鳥的身軀從內部瓦解碎裂，失控的灰林鴞在空中痛苦掙扎了半晌，終究分解成片片羽毛。

露絲亞一躍而下，撲入紛飛四散，燃燒成白光的灰黑羽毛之中，將隱沒其中的少年緊緊拉進懷裡。

灰林鴞的神智漸漸被她溫暖的懷抱喚回來，灰眸漸漸恢復明澄。

露絲亞視線卻愈來愈迷糊不清。

時間無多了。

「灰林鴞——」

她撫著灰林鴞的臉龐，溫柔微笑，然後烙下一吻。

「我愛你。」

※　※　※

當露絲亞再有意識的時候，她的世界只剩下一片黑暗，與絕對的寒。

這就是、死亡了嗎？

縱使不知天地何方，不過她現在應該是躺在某個地方吧？身體傳來的觸感是這麼告知露絲亞。

「終於醒來了嗎？」

「咦……」

她怯怯坐起，沒料到聽見了語帶不耐煩的詢問。這把聲音、很耳熟，莫非是——

「角鴞老師？」露絲亞頃刻大為緊張，想要爬起卻立即失去平衡跌坐下來。「該不會你也……」

話畢，她聽見了對方沉重嘆息。

「誰也沒有死。」角鴞頓了一頓，再補上一句。「而且家僕們都回來了。」

所以、她沒有死？露絲亞稍微冷靜下來，終於感受到熟悉不已的寒風，還有指尖上那細膩精緻的飄雪。耳畔不只角鴞的聲音，還有在不遠處……又好像從四方八面傳來，那些令人懷念的、充滿生活氣息的、家僕勞動時的嬉笑怒罵。

驀然，露絲亞意會到自己的處境了。

代價是餘生的光明……原來是這麼回事嗎？

「那麼、灰林鴞——」

露絲亞急不及待追問，忽然肩膀變得沉重，還多了一種毛茸茸的觸感，在她臉頰磨蹭。

「即使變成這樣，你還是好好把我認出來了呢。」看不見的藍眸落下晶瑩的淚水，露絲亞把額頭輕抵在柔柔軟軟的羽毛上，同樣親暱輕蹭。

「我早就說過了，不論是鴞族還是陛下，早晚會被這種亂來的做法壓垮。」唯獨那麼甜蜜的舉動，惹來角鴞抑壓已久的嘮叨。「從小到大，陛下都是個任性的小孩，就是這點令人煩心……」

「角鴞老師，對不起。」雖然救回了灰林鴞，但世世代代先王累積至今的心血，全都毀於一旦，這些都不是露絲亞三言兩語能夠補償。

「如果一個王朝是那麼不堪一擊的話，那證明鴞族本就命該如此——」角鴞喃喃複述灰林鴞的體會，語調漸漸帶著一絲哽咽。「只要陛下安然無恙，恢復成魔王應有的身姿，也是指日可待的事。」

露絲亞聽罷愣了一下，轉而喜出望外，不住想像那天的到來。

「而妳，這個令鴞族沒落、罪孽深重的魔女——」角鴞的說法聽上去滿是狠話，然而扶穩露絲亞的臂彎實際上相當溫柔。「永遠囚在魔界，無論永夜或晨曦，終生忠誠侍奉陛下，辦得到吧？」

露絲亞欲要回答，沒想到肩上的鳥兒搶先發聲。

咕咕、咕咕的鳥鳴，露絲亞毫無障礙般聽懂了灰林鴞的意思。

縱使藍眸失去了光華，少女依然甜笑如昔。

「我願意！」

絢爛的極光在黑夜中婆娑起舞，頹垣敗瓦的城堡荒涼而淒美。

在這片萬物待興的雪林中，露絲亞對灰林鴞許下一生一世的諾言。

※　　※　　※

今天是個天朗氣清的平凡日子。

在人間一個平凡又熱鬧的小鎮，陽光普照的街道上，一名看起來風塵僕僕的吟遊詩人正在誦唱。他手執結他盤坐街角一隅，歌聲算不上動聽，琴技也說不上精湛，然而歌曲的內容卻總算成功留下幾個路人。

一曲終結，掌聲零星。

途人散去，吟遊詩人窺探結他盒內，除了自己丟進去的，殘破的木盒終於多了幾個零錢，他的臉龐洋溢著難以言喻的滿足。

「這些零錢也只夠你今天買個麵包作晚餐吧？你怎麼這樣就滿足了？」

一個小女孩忽然站在吟遊詩人身旁，一臉鄙夷地同樣盯著結他盒。她與吟遊詩人截然不同，身上沒有一絲浪跡天涯的滄桑氣質，卻有著目空萬物的空靈感。

「為什麼打敗魔王的英雄事蹟不唱，偏偏原創什麼苦戀情歌？你可是名留青史的勇者傑明耶？」

「那不是可以整天掛在嘴邊的事情吧？」傑明尷尬地搔搔臉頰，再說自己歌頌自己，臉皮也太厚了。「何況根本不是我打敗魔王，現在我連勇者都不是唔嗚……」

話音未落，堤蓓趕緊捂住傑明的嘴巴，待投來側目的路人經過後，她才放手。

「你神經也太大條了吧，萬一被誰聽見要怎麼辦！」

傑明由此至終也沒有消滅魔王，甚至還跟魔族達成了協議。

當時角鴞具現化了灰林鴞與露絲亞的頭顱交給傑明，娓娓解釋鴞族遭受的詛咒，並承諾魔族再也不會侵犯人間，不會再發生血祭。

交換條件是，傑明不得砍殺鴞族的魔王與祭品。

傑明硬著頭皮帶著兩個幾可亂真的首級回到人間，該說、魔族的力量果然遠超於人類想像嗎？全然沒有人能看出真偽。果然從此與魔族互不相干比較好，太可怕了，萬一再來一遍，傑明可沒信心能夠全身而退。

就這樣，限期前任務達成，再加上幾近集合整個城鎮居民的求情，勇者團終於安然無恙被釋放。

不過，四人也從此各散東西了。

東尼一家搬到別個遙遠的國家，翠西的信裡提及，那傢伙的孩子好像下個月要出世；艾蜜莉主動調遷到首都的修道院，每天為犯下的罪過而祈禱；只有翠西仍然留在孤兒院裡，她也是唯一一個獲悉真相的人。

「沒什麼怎麼辦啦，生死有時，聚散有時。」憶及昔日的伙伴們，傑明振作了一下，隨意撥弄著琴弦。

而他終於如願成為浪跡天涯的吟遊詩人——雖然總是生活潦倒就是了。

「你不後悔嗎？」

「欸……原來妳也會有後悔的事嗎？」

忽然堤蓓沒由來的問了一句，傑明依然彈著零碎的曲調，不知是否他這種漫不經心的態度，反而輕易卸下了身為精靈的高傲。

「我把你該有的感情都剝削得七七八八了，你不怨恨我嗎？」

堤蓓陪伴傑明屈膝而坐，神情鮮有的鬱鬱不歡。她在這個世上活了很久很久，而每一次與人類結下契約，最終都是一面倒指責她是個把人類剝削成傀儡，必須封印的強大存在。

「喂，妳頭髮那麼長就不要隨便坐在地上啦！」

偉大的精靈打開心扉了，沒想到換來柴米油鹽般的低層次回應，幻彩雙瞳立即氣得冒上一層薄霧。

未及羞窘狠罵，傑明已扭過堤蓓的身子，著手替她辮一個可愛的髮髻。

「我曾經……覺得自己必須為大家做點什麼，必須向大家贖罪才行。」

靈巧的手未有停下，堤蓓默默接納一頭白髮被隨意擺弄的同時，身後傳來少年罕有的自白。

「目睹露絲亞消滅魔王的力量之後，在那時候我才發現，說不定我也渴望著誰為我挺身而出吧？可是當初沒有那樣的人，我只能硬著頭皮上前了。我自以為拯救露絲亞也算得上是贖罪，沒想到最後露絲亞卻拯救了大家，自那天起，我忽然覺得肩上的重擔消失了，可以自由自在生活，可以……放過自己了。

而在這之前，如果我當初沒有執意和妳契約，我根本不可能從那個噩夢般糾纏不止的魔界裡頭存活下來，見證奇蹟吧？」

話畢，髮髻也弄好了，傑明非常滿意地欣賞自己的傑作，堤蓓倒是繼續莫名扭鬧地背向傑明。

「你人就是這樣……根本不適合當勇者。」

「不會吧！那妳為什麼還答應我？」

「要你管。」

這世上善良的人很多。

願意挺身而出的人卻很少。

就算堤蓓不選擇傑明，她也能看出這個少年早晚會被這種個性牽連，幹出驚天地泣鬼神的大蠢事來。

說穿了，她只是想見證一個笨蛋如何貫徹信念罷了。

「好——休息夠了，再為大家獻上一曲，結束今天的表演！」

「說起來——今晚下榻的地方，該不會又是馬廄吧？」

「不會啊？要是妳願意跳舞助興的話——」

「我會殺了你。」

「那、敲鈴鼓……」

「殺了你啊。」

「嗚……真是生活逼人啊。」

堤蓓一言不合便驀然消失於街道之中，傑明只能認命放棄，獨個兒手執結他，彈奏出一首風格浪漫的曲調。

前奏終結，吟遊詩人深呼吸一下，開始傳誦一個有關魔王與祭品苦戀的故事。

「魔界的深處，是一片終年積雪的森林。黃昏色的天空、墨綠混雜灰白的茂密樹冠，森林的色調陰沉詭異，當中有一座古老的城堡，屹立在懸崖邊緣……」

（全書完）

後記

剛看完這個故事的您，幸會，我是瀰霜。

容我不厭其煩重提舊事，《籠中魔王與祭品少女》上集雖然在二零二零年出版，可是真正的完稿卻是二零一六年，換句話說，續集足足相隔了差不多六年左右才面世。

《魔王祭品》上集完稿後，雖然我一直有計劃完成續集，然而計劃總是趕不上變化，這些年來我邂逅不少機遇，先後出版了不同作品，然後上集銷量亦不如理想，正當我以為續集遙遙無期之際，這故事相當幸運地仍然得到天行者出版的青睞。

這六年，周遭一切瞬息萬變。

不論是心境還是環境也發生了翻天覆地的轉變，逼使我對世界刷新各種認知，畢竟我們一起經歷過最壞與最好的時代。因此當責編找我商量續集的出版事宜時，我反而有點不知所措⋯⋯

我啊，說不定再也沒辦法寫出純真美好的童話故事了。

那時候我籠罩在各種絕望與無力感之中，沒想到最終會被勇者拯救。

這是一部典型的奇幻愛情故事，有典型的情深魔王、典型的堅強祭品，於是當然也有典型的正義勇者。最初，傑明的人設只是個熱血笨蛋，與伙伴憑著愛與勇氣打敗魔王，從此以後過著受人景仰的無憂生活，會協助祭品適應新生活全是因為他是個善良的陽光男孩——草擬續集大綱的那年，我不曾想像過「挺身而出」究竟象徵著什麼和背負著什麼，只著墨充滿榮耀與光明的那面。

這些年經歷多了、體會多了，於是我總算有能力把勇者這人設探討得再深入一點，當年這個刻板得我不知道要怎麼展現魅力的角色，現在對我而言反而帶來不少共鳴。角色有了血肉後，連帶「血祭」也不再僅是一個營造苦戀氣氛的設定，而是一道所有角色都為此深受折磨、永遠無法癒合的傷痕。

如果沒有傑明這個角色的話，我實在不知道要怎麼再次投身這部浪漫童話裡……甚至，投身故事裡。

而魔王與祭品這兩個角色，經歷歲月的洗禮後我也有了另一番體會。

我曾經認為露絲亞這個角色必須探討的是犧牲——什麼是犧牲、犧牲是對是錯諸如此類的，結果我埋頭苦思好久才發現犧牲只是個偽命題，真正重點是「選擇」才對。上集的露絲亞願意為魔王犧牲，並不盡是因為各種謊言、洗腦和擺佈，這兩個孩子在孤獨中滋養出的愛可是千真萬確。

因此錯誤不在於犧牲與否，而是她被剝削了選擇——露絲亞必須認知的是爭取和選擇，以及坦率面對自己的真實心情才對。

至於我對於灰林鴞的體會，正確來說應該是對鴞族的體會吧？靠力量稱霸的王朝，一旦失去了力量便失去了控制權，於是天天夜夜深陷恐懼之中，最後把自己的後裔推進絕境。可是王朝真的是那麼不可撼動的存在嗎？曾為此努力不懈、被逼迫得喘不過氣的灰林鴞，這些年來成長了，察覺到力量並不是統治魔界的唯一方法，於是這次他終於俐落地作出選擇，不再顧此失彼，認為自己什麼都無法捨棄。

嗯，沉重的話題就此打住好了。

話說回來，我家的魔王與祭品終於在一起了——可喜可賀！

有點可惜的是，雖然在一起了，相處情節卻少得可憐，連身為作者都深深感到糖份不足！或許之後來寫寫番外篇吧？我好想他們可以大放閃光彈啊——

《魔王祭品》這部系列作能夠完成，全賴許多人的支持與襄助。謝謝 Chiya 老師用心繪製了非常扣人心弦的封面，這故事能夠完稿的動力之一就是可以看到老師的精美插畫！另外要謝謝天行者出版，以及至今以來的歷代責編，謝謝你們不約而同給予這部作品建議與肯定。特別在此感謝夜透紫老師、櫻餅老師在艱難時期出手相助，提供專業又寶貴的意見。感謝由始至今一直相信我的每一位，你們的支持在每個趕稿的深夜裡宛如雪中送炭，我才得以支撐到今天。

感謝沿途有光。

最後，感謝耐心閱讀到最後的您。

我是瀰霜，香港人，期望下次與您有緣再會。

奇幻系 04

籠中魔王與祭品少女 II

作者	瀰霜
內容總監	曾玉英
責任編輯	又曦
封面插圖	Chiya
書籍設計	Stephen Chan
出版	天行者出版有限公司 Skywalker Press Ltd. 九龍觀塘鴻圖道 78 號 17 樓 A 室
電話	(852) 2793 5678
傳真	(852) 2793 5030
出版日期	2021 年 12 月初版
發行	天窗出版社有限公司 Enrich Publishing Ltd. 九龍觀塘鴻圖道 78 號 17 樓 A 室
電話	(852) 2793 5678
傳真	(852) 2793 5030
網址	www.enrichculture.com
電郵	info@enrichculture.com
承印	佳能香港有限公司 九龍紅鸞道 18 號中國人壽中心 A 座 5 樓
定價	港幣 $88　新台幣 $440
國際書號	978-988-74782-8-7
圖書分類	(1)流行文學　(2)小說／散文